상호텍스트성으로 읽는
토니 모리슨의 문학작품

상호텍스트성으로 읽는
토니 모리슨의 문학작품

신진범 지음

도서출판 ▌동인

 2015년 4월에 아동시기의 트라우마를 다룬 최근 소설 『신이시여 그 아이를 도와주소서』(*God Help the Child*)를 출간한 토니 모리슨(Toni Morrison)은 소설·화보집·그림책·오페라 대본 등 다양한 문학작품을 집필하며 아프리카계 미국인의 억압과 해방, 인종차별과 생존전략, 노예제도의 해악, 흑인 조상의 역할 등을 다루어 왔다. 또한 흑인·여성으로 차별 받고 흑인 남성에게도 차별 받는, 3중으로 고통 받은 흑인 여성의 삶과 그들의 역할, 트라우마 등을 다루어 왔다.

 이 책은 모리슨의 여러 문학 작품을 다른 작가들과의 대화적 관계나 모리슨의 작품들 사이에서 발견할 수 있는 대화적 관계를 중심으로 분석하는 글들을 모은 것으로, "상호텍스트성"(intertextuality)을 키워드로 작품을 분석하였다.

 모리슨의 작품은 모녀관계, 아동문학적 주제, 영화와 소설의 비교 연구, 이산종교와 여러 흑인소설의 비교, 한국계 미국소설과 모리슨의 소설 연구처럼 상호텍스트성을 중심으로 다각적인 연구가 가능하다. 그리고 국내외에서도 모리슨의 작품과 성경을 주제로 분석하거나, 모리슨의 작품을 윌리엄 포크너(William Faulkner)와 버지니아 울프(Virginia

Woolf) 등과 같은 여러 작가와 분석한 다양한 비교 연구가 이루어져 왔고 지금도 진행되고 있다.

이 같은 비교 연구는 모리슨의 단일 작품을 분석하는 것과는 또 다른 의미를 파생시키며, 모리슨의 작품 연구에 폭과 깊이를 더하고, 다양한 후속 연구를 촉발할 수 있을 것으로 여겨진다.

미국의 토니 모리슨 학회(Toni Morrison Society, http://www.tonimorrison society.org)는 2년에 한 번씩 국제 학술대회를 개최하며, 모리슨과 관련된 다양한 행사나 정보를 제공하고 있다. 한국에서도 모리슨을 연구하는 학자들의 수가 꾸준히 늘어나고 있으며, 그동안 여러 연구자들이 모리슨을 다룬 단행본을 발행하기도 하였다.

이 같은 선행연구들을 토대로 아직까지 한국에서 연구되지 않은 모리슨의 최근 작품들과 오페라 대본, 단편소설, 아동문학 등에 대한 연구와 다른 아프리카계 미국작가나 세계작가의 작품과의 비교 연구가 더욱 활발해지길 기대해본다.

2016년 1월 청주 연구실에서
신진범

| 차 례 |

I

토니 모리슨의 아동문학

1. 아프리카계 미국아동문학과 삼보 유산(Sambo legacy)

흑인들은 1940년대 전까지는 미국아동문학에 거의 등장하지 않았다. 1940년대의 경우 주로 하인이나 머슴으로 등장하고 거의 항상 웃기는 등장인물로 묘사되었다. 1960년대 전에 발행된 작품 가운데 아프리카계 미국어린이에 대한 그림책을 찾기는 거의 불가능했다. 20세기의 전반부에 초등학교 읽기 교재의 경우 백인 가정의 모습이 묘사되었고 유색인종을 포함하는 가족이나 사회에 대한 암시조차 없었다. 토니 모리슨(Toni Morrison)의 『가장 푸른 눈』(The Bluest Eye)은 그 당시 읽기 교재를 패러디하는 내용으로 되어 있다. 소설에서 모리슨은 소설의 첫 장면과 매 장마다 미국에서 사용되는 읽기 교재의 일부분으로 시작한다. "특히 각 장이 시작되는 도입부에서는 자신이 패러디 하고자 하는 일곱 가지 대상을 제시한다. 모리슨은 피콜라와 집, 가족, 고양이, 어머니, 아버지, 개, 친구와의 관계를 통해 피콜라가 겪어야 하는 상황"(신진범 116)을 나타내고 있다. 『가장 푸른 눈』에서 피콜라(Pecola)는 강박적으로 백인의 미에 천착하며 읽기 교재에 제시된 상황을 미치면서까지 이루려 하고 있다.

아프리카계 미국인을 등장인물로 다룬 현대 그림책은 에즈라 잭 키츠(Ezra Jack Keats)의 『눈 오는 날』(The Snowy Day, 1962)부터 시작되었다. 비평가들은 키츠의 책이 "문화적 특이성" 측면에서는 부족하다고 평했지만 키츠의 책은 선구자와 같다. 비평가들의 이와 같은 비평은 키츠가 백인이라는 사실에서 근거한 것일 수도 있을 것이다. 루실 클리프톤(Lucille Clifton)의 『에버렛 앤더슨에서의 며칠』(Some of the Days of Everett Anderson)과 속편도 현재의 사회 현실을 정직하게 반영하고 있다는 점에서 가치 있는 책이다. 논란의 대상이 되지 않는 다문화적 책들은 민담 혹은 민간 설화였다. 칼데콧 상(Caldecott Medal)을 수상한 게일 E. 핼리(Gail E. Haley)와 버나 아데마(Verna Aardema)는 유럽계 미국인이지만 아프리카 민담을 소재로 책을 써서 유명해진 사람이다. 버지니아 해밀턴(Virginia Hamilton)도 『날 수 있었던 사람들』(The People Could Fly)에서 민담을 다루었다. 고학년 어린이나 청소년들이 읽는 소설의 경우 1945년에 출판된 제시 잭슨(Jesse Jackson)의 『나를 찰리라고 불러라』(Call Me Charley)를 들 수 있다. 잭슨은 아프리카계 미국인을 등장인물로 설정하여 삼보(Sambo)라고 자신을 부르는 아이에게 대드는 찰리를 그리고 있다. 이 소설에 등장하는 찰리는 백인 중산층에 편입하는 인물로 그 이후의 사람에게 많은 비판을 받을 만한 등장인물이지만 그 당시 관습으로 보면 많은 사람들이 찰리와 같이 행동했다. 민권운동 이후인

1970년대가 되어서야 아프리카계 미국인의 가치와 문화적 정체성을 격찬한 책들이 출판되었다. 해밀턴의 『위대한 M. C. 히긴스』(*M. C. Higgins, the Great*, 1974)와 밀드레드 테일러(Mildred Taylor)의 『천둥아, 내 외침을 들어라』(*Roll of Thunder, Hear My Cry*, 1976)가 그런 작품이다. 이 둘은 모두 뉴베리 상(Newbery Medal)을 수상하였고 이들은 월터 딘 마이어즈(Walter Dean Myers)와 같은 작가들을 위한 토대를 마련해주었다. 이들 작가는 아프리카계 미국문화의 활력을 포착하고 스테레오타입을 걷어내며 일상생활 속의 살아있는 참된 등장인물을 작품 속에 끌어들였다. 1970년에 만들어진 코레타 스코트 킹 어워드(Coretta Scott King Award)는 아프리카계 미국아동문학에 많은 공헌을 했다(Russell 77-78).

줄리어스 레스터(Julius Lester)가 글을 쓰고 제리 핑크니(Jerry Pinkney)가 그림을 그린 『샘과 호랑이들』(*Sam and the Tigers*, 1996)은 아프리카계 아동문학에 나타난 다시쓰기/올바르게 쓰기(rewrite/right)를 실천한 작품으로 레스터는 1923년에 스코틀랜드 여성인 헬렌 배너먼(Helen Bannerman)이 쓴 『꼬마 흑인 삼보 이야기』(*The Story of Little Black Sambo*)를 다시 썼다. 레스터는 흑인들의 신체 가운데 입술, 눈, 엉덩이를 과장되게 표현한 원작의 폐해를 고치고자 이 작품을 다시 쓰게 되었다.

1998년 미국의 경우 아동도서가 약 4,500권 출판되었는데 오직 3퍼센트만이 아프리카계 미국인을 주요 인물로 등장시키거나 아프리카계 미국문화에 초점을 맞추었다. 그리고 3퍼센트 가운데 3분의 2가 아프리카계 미국작가나 삽화가에 의해서 출판되었다(Hefflin & Barksdale-Ladd 812). 현대 흑인 아동문학가 가운데 주요 작가인 재클린 우드슨(Jacqueline Woodson)도 인터뷰에서 흑인 아동문학에 대해 평하면서

"책 속에서 자신과 닮은 등장인물을 볼 수 없었다고"(2) 말한 바 있다.

1940년대와 1950년대의 경우 삼보 이야기가 공립학교와 도서관에서 추천도서목록에 들어 있었다. 하지만 1980년에 가서 삼보를 다룬 책들은 역사관련 책장으로 이동되었다. 1949년에 흑인 학부모들이 공립교육 위원회에 그 책의 사용을 중지시켜 달라고 요청하면서 그 책이 인종차별과 흑인에 대한 스테레오타입을 조장한다고 항의하였다. 이후 미국 아동문학서에서 삼보의 이미지는 한참 동안 사라졌다. 하지만 삼보만 사라진 것이 아니었다. 전체 아동문학에서 아프리카계 미국인의 실재를 다룬 책이 없어진 것이다. 예를 들면 모리슨의 『가장 푸른 눈』에서 소개되기도 했던 초등학교 읽기 교재는 딕(Dick)과 제인(Jane)의 가정을 소개하고 있는데, 그 책에는 흑인에 대한 언급이 전혀 없다. 어떤 흑인 여성은 학교에서 삼보 이야기를 백인 소녀와 함께 읽으며 자신이 교실에서 땅속으로 꺼져 사라지길 간절히 바랐던 적이 있다고 말했다.

삼보(Sambo)라는 단어는 1920년대부터 1950년대까지 아프리카계 미국 어린이나 어른들의 별명으로 널리 사용되었으며 삼보스(Sambo's)라는 레스토랑 체인점까지 생기기도 했었다. 1960년대의 경우 흑인이 아동문학작품에 등장하기는 했지만 이번에는 조용하고, 목표의식이 없으며, 남의 눈에 띄지 않는 새로운 이미지로 등장하기 시작했다. 흑인 삼보(Black Sambo)를 극복하고자 한 투쟁은 결국 공백만 낳은 셈이었다. 그 후에 많은 아동문학 관계자들이 "다인종을 다룬 아동 도서 협회"(Council on Interracial Books for Children)를 만든 후 흑인 아동이 중심이 되는 작품들이 출판되기 시작했다. 삼보 이미지는 75년 동안이나 미국의 흑인 아동을 평가절하하는 이미지로 작동해왔다. 문제가 더욱 심각한 것은 삼보 이미지가 계속해서 아시아와 유럽에서 사용되고 있다는 것이다(Goncalves 5-7).

흑인아동문학은 해밀턴과 레스터 이후부터 많은 발전을 이루며, 인종적 자부심, 풍부한 문화 전통, 과거의 역사, 현실적인 인물 묘사를 반영한 다양한 작품들이 출판되기 시작했다. 이 글에서 살펴볼 모리슨의 아동문학[1]은 이러한 흑인아동문학의 전통을 계승발전하고 있으며, 그림책, 그래픽 작품시리즈, 화보집으로 발표된 여섯 작품은 다양한 아동문학 장르를 아우르면서 주제에 있어서도 다양한 주제를 다루고 있다.

2. 아이들의 눈으로 본 세상: 토니 모리슨의
『네모 상자 속의 아이들』과 『얄미운 사람들에 관한 책』

모리슨이 아들 슬레이드 모리슨(Slade Morrison)과 함께 쓴 『네모 상자 속의 아이들』(*The Big Box*)과 『얄미운 사람들에 관한 책』(*The Book of Mean People*)[2]는 어린 아이가 바라본 어른들의 세상을 반영하고 있는

---

[1] 2004년 5월 29일 미국 샌프란시스코에서 개최된 2004년 ALA(American Literature Association) Conference의 Toni Morrison Society Conference Panel에서는 "Toni Morrison's Children's Literature"라는 주제로 모리슨의 아동문학과 관련된 발표회가 있었다. 발표제목은 "The Aesthetic of Transgression: Restoring The Bricolage in Toni Morrison's Children's Literature"(Aeju Kim), "Is a Picture Worth Ten Thousand Words?: Toni Morrison's Picture Book, *Who's Got Game? The Ant or The Grasshopper?*"(Sandra K. Stanley), "'Do you see what I see? Do you hear what I hear': Becoming Better Adults Through Toni Morrison's *The Big Box and The Book of Mean People*"(Neal Lester)이다.

작품으로, 이 작품들은 어린이뿐만 아니라 어른들이 함께 읽으면서 서로의 생각을 공유하며 의미 있는 대화를 나눌 때 더욱 빛을 발할 수 있는 작품이다.

『네모 상자 속의 아이들』에 나오는 "패티"(Patty), "미키"(Mickey), "리자"(Liza)는 커다란 네모 상자 같은 방에 갇혀 생활하게 된다. 아이들은 학교에서 떠들고, 우체통 뚜껑에 낙서를 하고, "공놀이 금지"라고 써 붙인 벽에 공을 던지며 놀고, 암탉이 달걀을 낳아도 모른 체하고, 다람쥐가 과일나무를 망가뜨려도 쫓아내지 않았다는 이유로 이곳에 갇혀서 생활하게 된다.

모리슨은 자유를 빼앗긴 아이들과 자유롭게 생활하는 앵무새, 토끼, 비버, 아기 바다표범을 나란히 소개하며 아이들의 생활을 대조적으로 묘사하고 있다. 이 이야기에서 모리슨이 강조하고 있는 것은 마음껏 뛰어놀 수 있는 자유를 박탈당한 어린이의 항변과 어린이들의 말에 귀를 기울이지 않고 자신들의 생각을 어린이에게 강요하는 어른들의 강압적인 행동이다.

어른들은 천진난만하게 뛰어 놀며 자유를 만끽하는 아이들이 사회나 학교의 규칙을 어겼다는 이유로 큰 자물쇠가 세 개나 달린 방에 아이들을 가두고 여러 가지 장난감과 먹을 것, 입을 것들을 아이들에게 사준다. 하지만 아이들에게 필요한 것은 만물과 교감할 수 있고 마음 놓고 대자연의 품에서 뛰어놀 수 있는 자유이다.

---

2 국내의 경우 『네모 상자 속의 아이들』은 초등학교 2학년 필독도서목록에 들어가 있으며 『얄미운 사람들에 관한 책』은 "어린이 감정도서 추천 100선"에 들어가 있으며 "정서문제(스트레스)"와 관련된 작품으로 평가되고 있다.

자유를 빼앗긴 아이들은 부모들로부터 여러 가지 선물들을 받는다. 그 선물들 가운데 "구름이 두둥실 떠 있는 그림"과 "나비 표본이 든 유리 액자", "플라스틱 물고기가 헤엄치는 수족관", "진짜 갈매기 소리가 나오는 음반", "당장이라도 첨벙대고 싶은 시냇물 풍경이 나오는 영사기" 같은 것들은 대자연의 생기와 활력을 모방한 것에 지나지 않는다. 어른들은 아이들을 가둬 놓는 것에 대해 물질로 보상하기라도 하듯 여러 가지 물건을 사온다. 하지만 아이들에게 필요한 것은 그런 물건이 아니라 부모들과의 대화와 그들이 마음껏 뛰어놀 수 있는 놀이터일 것이다. 많은 돈을 주고 물건을 사오는 것이 필요한 것이 아니라, 아이들을 네모 상자 같은 방에서 풀어주면 한 번에 여러 문제가 해결되는 것이다.

모리슨은 작품의 마지막 장면을 아이들이 스스로 네모 상자의 벽을 허물고 밖으로 나오는 그림으로 장식하고 있다. 또한 마지막 장면에서 독자들은 비버가 네모 상자를 갉아 구멍을 내고, 토끼가 앞발로 아이들이 네모 상자를 허무는 것을 돕는 모습도 볼 수 있다. 이 작품에서 모리슨은 어른들의 일방적인 규칙과 어린이들과의 대화 단절을 중심으로 다루면서 어른들과 아이들 사이에 "대화의 통로"가 필요함을 강조하고 있다.

어린 토끼가 주인공으로 나오는 『얄미운 사람들에 관한 책』에서는 어린이의 눈에 비친 다양한 얄미운 사람들이 소개된다. 심술궂고 얄미운 사람들은 어린이에게 소리를 지르고 얼굴을 찡그리는 사람들이며, 어린이가 생각하기에 이해가 되지 않는 언행을 하는 사람이다. 예를 들어 할머니와 할아버지가 동시에 서로 다른 동작을 하게 만드는 말을 하는 경우와, 발음은 같지만 뜻이 다른 말을 할 때와 같은 경우들이다. 한국어에서도 "눈", "밤", "말"과 같은 단어는 발음의 길이에 따라 뜻이 달라진다. 아이들의 나이를 고려하지 않고 그런 말을 할 때 아이들은 혼동을 일으키기 마련이다.

특히 이 이야기에서 화자는 어른들이 소리를 지를 때면 무슨 말을 하는지 알아들을 수 없다고 이야기를 한다. 그리고 자주 화를 내는 어른들이 갑자기 웃으며 다가올 때 겁이 난다는 말은 변덕스럽게 행동하는 어른들에 대한 어린이의 솔직한 평가로 해석될 수 있다. 모리슨은 이야기의 끝 부분에서 "그래도 난 언제나 웃을 거예요"라고 말하는 화자를 등장시키고 있다. 이 이야기에 등장하는 얄미운 사람들은 아이들을 의기소침하게 만드는 사람들이며 아이들이 이해 할 수 없게 말하고 행동하는 사람들이다. 이 작품은 어린 아이의 눈으로 본 심술궂은 사람들에 대한 짧은 보고서와 같다.

『네모 상자 속의 아이들』과『얄미운 사람들에 관한 책』에 대한 서평은 다양한 잡지와 저널에 실려 있으며, 전반적으로 책의 내용이 좀 더 복잡한『네모 상자 속의 아이들』에 대한 서평이 더 자세하게 소개되고 있다. 대부분의 서평은 이 두 작품의 줄거리와 의미를 다루고 있다. 『네모 상자 속의 아이들』과 관련된 서평의 경우 "아이들이 가족과 친구로부터 분리된 죄수"(*Journal of Adolescent & Adult Literacy* 795)처럼 묘사된 점을 강조한 서평도 있고, 그림에서 방안에 설치된 세 개의 자물쇠가 이상하게도 방문의 안쪽에 있는 것을 지적한 서평가도 있다(Sutton 598). 책의 내용을 보면 부모들이 문을 열고 잠글 수 있는데, 그림의 경우는 정반대로 되어 있어 문제점이 될 수도 있다. 또한 그림책에 있는 미끄럼틀의 경우 아이들이 탈 수 없을 정도로 계단이 가파르고 아이들이 계단을 올라가서 잠시 앉을 수 있는 공간이 없게 되어 있다.

커리(Currie)는 물질적인 풍요를 제공하는 부모들이 탐험하고 창조할 수 있는 아이들의 자유를 빼앗아 가고 있다고 지적한다(68). 『얄미운 사람들에 관한 책』의 경우 이 동화가 어린이들이 일상생활 속에서 접하는 "모순되는 언행"(Goss 27)을 이해할 수 있게 도움을 준다는 점과 "화내기, 소리 지르기와 같은 주제에 대한 토론"(Constantinides 132)으로 이어질 수 있는 점이 강조되었다.

한편 김애주는 「위반의 미학: 토니 모리슨의 아동문학과 브리콜라주 복원」에서 이 두 작품이 "어린이의 자유로운 생명력을 억압하는 어른의 오류"(8)를 드러내고 있으며, 모리슨은 이 작품을 통해 "진정한 교육은 훈육과 억압이 아니라 자유로운 생명의 발현이라는 메시지를 전달"(8)하고 있다고 말한다.

이 두 작품의 경우 어른들과 어린이들 사이에 상호이해가 결여된 모습들이 다루어지는데 모리슨은 이 작품들을 통해서 여러 가지 문제점과 의견들을 제시하고자 했다고 한 인터뷰에서 말했다.

> 그 이야기들은 질문과 의견을 이끌어낼 의도로 만들어졌다. 작품을 완성했을 때 나는 다음과 같은 이유로 그 책이 잘 팔리지 않을 것이라는 말을 들었다. 첫째, 아이들이 아니라 어른들이 책을 산다. 둘째, 어른들의 생각에 일치되지 않는 내용을 다룬 아동도서는 팔리지 않는다. 결국 이 작품이 어린이의 생각과 어른의 생각에 반목이나 불화를 조장하기 때문에 문제가 된다는 것이었다. 그 말은 어린들의 지성을 아주 무시하는 것처럼 보였다. (Lester 138에서 재인용)

3. 『누가 이겼지?』(*Who's Got Game?*) 시리즈에 나타난 다시 쓰기

흑인 아동문학에서 다시 쓰기는 스테레오타입화된 신체 부위, 삭제되고 누락된 흑인 역사와 흑인 문화, 이상적인 등장인물로 등장하는 유모, 충직한 노예를 다시 쓰기는 작업으로 연결되면서 흑인등장 인물과 문화를 전면에 내세우는 글쓰기를 강조하는 것이다. 레스터는 세익스피어의 『오셀로』(*Othello*)를 흑인 등장인물이 주인공이 되는 『소설 오셀로』(*Othello: A Novel*)로 다시 쓰면서 문학정전을 다시 쓰고 작품의 배경을 엘리자베스 여왕 시대의 영국으로 바꾸고 주요 등장인물인 이아고(Iago)와 에밀리(Emily)의 인종을 아프리카인으로 등장시켰으며, 『노예가 되어 보기』(*To Be a Slave*, 1969년 뉴베리 영예상 수상작)에서는 노예들이 직접 쓰거나 노예의 이야기를 녹취한 자료를 나란히 제시하면서 왜곡된 흑인역사의 부당함을 강조하였다. 또한 셜리 앤 윌리엄스(Sherley Anne Williams)는 넷 터너(Nat Turner)의 봉기를 다시 쓴 『데사 로즈』(*Dessa Rose*, 1986)를 쓰면서 이 책은 어린이들을 위한 것이라고 말한바 있다.[3]

이솝우화(Aesop's fables)를 다시 쓴 『누가 이겼지?』를 통해 모리슨은 항상 교훈적인 이야기로 혹은 흑백 논리로 읽히는 이솝 이야기를 다시 쓰면서 열린 결말을 제시하며 다양한 해석을 유도하고 있다.

『누가 이겼지?』 시리즈는 노예였던 이솝의 이야기를 다시 쓰는 동시에 "그래픽 소설 형태(graphic novel form)"(Bragard)로 삽화와 텍스트

---

[3] 윌리엄스의 다시 쓰기에 대해서는 문상영 309-15를 참고할 것.

가 조화를 이루어, 아동문학 연구에서 중요한 분야로 다루어지는 이미지 텍스트에 대한 심화 연구로 이어질 수 있을 것이다.

『누가 이겼지? 포피인가 뱀인가?』(*Who's Got Game? Poppy or the Snake?*), 『누가 이겼지? 개미인가 베짱이인가?』(*Who's Got Game? The Ant or the Grasshopper?*), 『누가 이겼지? 사자인가 쥐인가?』(*Who's Got Game? The Lion or the Mouse?*)는 이솝우화에 등장하는 「농부와 뱀」, 「개미와 베짱이」, 「사자와 생쥐」를 다시 쓴 작품으로 교훈적인 이솝 우화를 통해 독자들에게 선입견을 심어준 작품속의 등장인물들에게 새로운 의미를 부여한 작품이다. 『누가 이겼지? 포피인가 뱀인가?』는 포피 할아버지가 소년에게 이야기를 들려주는 형식으로 되어 있고 『누가 이겼지?』 시리즈 가운데 가장 좋은 작품으로 평가되고 있다. 이 작품에서 할아버지가 뱀을 다치게 하자 뱀은 할아버지에게 보상을 해달라고 요구한다. 집으로 데리고 가서 보살펴 달라는 뱀의 말을 들은 할아버지는 뱀의 본성을 알기에 고민하지만 결국 뱀을 집으로 데리고 가게 된다. 결국 뱀은 자신의 본성대로 할아버지를 물어 죽이려고 한다. 하지만 뱀의 속셈을 알아차린 할아버지는 뱀의 공격에 대비를 해서 목숨을 건지고, 결국 뱀가죽으로 부츠를 만들었다는 이야기를 통해 모리슨은 선입견, 전복적 상상력의 문제를 다루고 있다.

특히 이 작품에서 모리슨의 소설인 『재즈』(*Jazz*)와 『타르 베이비』(*Tar Baby*)가 그림책 속에 여러 번 등장하고 있다. 모리슨은 자신의 소설들을 그림책 페이지의 소품으로 배치하고 있는데, 『타르 베이비』의 경우 이 소설의 이야기와 관련이 있는 작품으로 타르 베이비 민담과 이 소설의 줄거리는 유사성을 가진다. 많은 타르 베이비 버전이 있지만 대표적인 이야기는 토끼와 타르 베이비와 관련된 이야기다. 토끼가 농작물을 망쳐 놓는 것에 화가 난 농부는 타르 인형을 밭에 놓아두고 호기심이 많은 토끼가 끈적끈적한 타르 인형에 붙잡히기를 기다린다. 호기심이 많은 토끼는 새로 보는 물체에 말을 걸다가 아무 대답이 없자 손으로 만지게 되고 두 손과 발이 붙어 붙잡히는 신세가 되었다. 토끼를 죽이려는 농부에게 토끼는 다른 어떤 방법으로 죽여도 좋으니 제발 찔레 덤불 안으로는 던지지 말아달라고 부탁한다. 토끼의 말을 믿은 농부가 토끼를 찔레 덤불로 던지자 토끼는 쾌재를 부르며 농부를 조롱했다는 타르 베이비 민담은 백인을 속여 목적한 바를 쟁취한 흑인의 이야기, 꾀를 내어 강한 자를 이긴 약자의 이야기로, 억압에서 자유로 해방되는 지혜를 다룬 이야기이다. 『누가 이겼지? 포피인가 뱀인가?』를 타르 베이비 민담과 관련시킬 경우 포피를 흑인으로 뱀을 백인농장주로 관련지을 수도 있을 것이다. 또한 이솝이야기의 경우 농부가 뱀에게 물리거나 농부의 아들이 뱀에게 물려 죽는 것으로 끝나고 있는데, 모리슨의 이야기에서는 뱀의 속성을 미리 간파한 농부에게 초점을 맞추며, 농부가 흑인어린이에게 자신의 생존 경험담을 들려주는 형식을 취하고 있어, 흑인 구전문학 및 구술전통의 일부로 온전한 생존(whole survival)을 강조하는 이야기로 읽을 수 있을 것이다.

　『누가 이겼지? 개미인가 베짱이인가?』는 독자들에게 널리 알려진 「개미와 베짱이」를 다시 쓰고 있으며 개미(Kid A)와 베짱이(Foxy G)로 대변되는 근면과 게으름을 다른 각도에서 생각하게 하는 작품이다. 예술가인 베짱이는 금전적으로는 실패를 하나 영적 풍요를 누리는 인물로 등장하며, 개미는 예술을 옳게 평가하지 못하는 인물로 등장하고 있다. 이 이야기는 근면과 성공, 게으름과 실패에 대해 다시 생각하게 하는 이야기이며, "정신적 풍요를 상실한 근면과 성공은 충분히 악덕일 수 있으며, 영적 충족을 잃지 않은 게으름과 실패는 미덕으로 평가할 수 있다"(김애주 9)는 점을 강조하고 있다. 다시 말하면 이솝우화에서 평가절하당한 예술을 강하게 옹호하고 있는 작품이다. 이 작품은 슬레이드 모리슨이 먼저 아이디어를 낸 작품으로 슬레이드 모리슨은 왜 사람들이 베짱이 이야기만 나오면 화들짝 놀라며 부정적으로 생각하는지 의문을 가져왔다고 모리슨에게 이야기 한 바 있다. 모리슨은 롭 카프리시오소(Rob Capriccioso)와의 인터뷰에서 "선견지명에 대해서 갈채를 보내는 것은 좋다. … 하지만 오직 현재의 시간을 위해 사는 예술가를 위해서 할 말도 있는 것이다."라고 말한 바 있다.

『누가 이겼지? 사자인가 쥐인가?』를 통해 모리슨은 헛된 영광을 위해 흉내 내는 소인배의 모습을 풍자하고 있다. 이솝 이야기에 나오는 「사자와 생쥐」의 경우 생쥐의 결초보은을 주제로 하고 있지만 이 작품에서 생쥐는 오만함(hubris)의 대명사가 되어 허황된 권력의 그림자를 쫓는 인물로 등장한다. 생쥐의 모습은 세계 역사에서 권력을 휘두른 인물이나 허영에 가득 차 권력에 탐닉하여 광대로 전락한 인물과도 닮은 점이 있다. 하지만 사자는 더 이상 자신의 힘을 자랑하는 권력자가 아닌 현자로 거듭나고 있다.

이 작품의 경우 "강함과 약함, 외연적 힘과 내적 지혜의 이분법이 상호 도치되고 있는 작품이자 유동적이며 불확정적인 의미가 함축된"(김애주 10) 작품이다. 절제의 미학이 강조되는 작품이기도 하다. 이 작품의 끝에서 사자는 더 현명한 노래를 부르며 "잘 들어라! 잘 들어라!

만일, 아마도, 그리고, 그러나와 같은 말을 하지 마. 땅에 있는 가장 큰
남을 괴롭히는 자는 자신이 좋아하고, 할 수 있는 일을 하지 … / …
법을 만들기 위해서 필요한 것은 부츠와 발의 크기뿐이라고 생각하지.
하지만 강하든 약하든, 크든 작든, 거인이든 난쟁이든 … / 남을 괴롭
히고 싶어 하는 자는 자신의 참 모습에 겁먹게 되지 않을까?"라는 말
로 생쥐의 행동을 평가하고 있다.

4. 『학교통합의 여정을 기억하기』(Remember: The Journey to School Integration)에 나타난 역사의 재기억

　『학교통합의 여정을 기억하기』는 미 대법원의 '브라운 대(對) 토피
카 교육위원회' 판결(Brown v. Board of Education case, 1954. 5. 17.)의
전후시기를 다루는 화보집으로 모리슨은 이 작품으로 2004년에 블루
리본 논픽션 북어워드(Blue Ribbon Nonfiction Book Award)와 2005년
에 코레타 스코트 킹 어워드를 수상했다. 모리슨은 53장의 사진을 통해
공립학교 흑백통합 전후시기의 미국 역사를 기록하고 있으며, 과거의
역사를 담고 있는 사진과 함께 나이어린 화자의 서술을 포함해 사진에
등장하는 다양한 등장인물의 서술을 뒤섞으면서 자유를 위해 고군분투
한 역사를 복원하면서 화보집을 전개시켜 나가고 있다. 이 작품은 레스
터가 로드 브라운(Rod Brown)이 '노예'를 주제로 7년 동안 36점의 그림
을 그려 뉴욕과 워싱턴에서 전시한 것을 보고 그 그림의 일부를 자신
의 글과 함께 엮은 『노예선에서 자유의 길로』(From Slave Ship to Freedom

Road, 1998)와 같은 성격의 작품이다. 레스터는 1518년부터 1865년까지 흑인들의 역사를 재조명하고 있으며, 다양한 서술전략을 사용하여 어린 독자들에게 흑인의 삶을 상상해보라고 말한다.

모리슨은 민권운동 전후의 사진들과 다양한 화자의 서술을 통해 불의와 폭력에 맞선 용감한 사람들과 시대의 희생양으로 전락한 어린이와 고난을 극복한 어린이를 등장시키며 재기억의 중요성, 자유를 위한 용기 있는 투쟁의 의미와 역사적 교훈을 강조하고 있다. 또한 독자들을 과거의 역사 속으로 다시 여행하게 하면서 과거와 현재 사이의 거리감을 채우고 있다. 이 작품은 '브라운 대 토피카 교육위원회' 판결 50주년을 기념하기 위해 구상되었는데, 미국 대법원이 2007년 6월 28일 '브라운 대 토피카 교육위원회' 판결이 위헌이라고 판결을 내려 미국의 인종정책의 퇴보하고 있다는 우려의 목소리가 나오고 있는 시점에서 다시 주목받고 있다.

모리슨은 1963년 9월 15일 버밍햄의 교회 폭발 사건으로 사망한 4명의 흑인어린이들에게 이 책을 헌사하고 있다. 미국 국무장관이었던 콘돌리자 라이스의 친구인 데니스 맥네어(Denise McNair)도 그 중 한 명이었다. 모리슨은 화보집의 마지막 페이지에 교회 폭탄 사건으로 숨진 네 어린이의 사진과 함께 "지금 여건은 훨씬 더 좋아졌어요. 하지만 왜 그런 일이 일어났는지 기억해 주세요. 우리를 꼭 기억해주세요."라고 죽은 어린이들의 목소리를 빌려 말하고 있다. 모리슨은 서문에서 "이 책에 나오는 일은 하나도 여러분에게 일어나지 않았어요. 왜 여러분이 경험하지 못한 기억들을 알려주려 할까요? 기억하는 것은 고통스럽고, 심지어 겁날 수도 있어요. 하지만 기억하는 것은 여러분의 가슴

을 벅차게 하고 마음을 열게 만들어요.”라고 말하며 역사 재기억의 중
요성을 강조하고 있다.

　모리슨은 53장의 사진에 나오는 다양한 사람의 목소리를 빌려서
학교분리와 인종차별의 부당함을 어린 독자들이 이해하고 간접체험하
게 한다. 특히『학교통합의 여정을 기억하기』는 모리슨의 소설, 아동문
학 그리고 다른 흑인아동문학작품과 상호텍스트적인 성격을 가지고 있
다. 흑인과 백인이 따로 물을 마시는 52페이지 그림과 관련하여 모리슨
은 “어른을 어린아이처럼 느끼게 만드는” 일이라고 말하는데 이 주제
는『얄미운 사람들에 관한 책』에서 반복적으로 다루어지는 주제이다.
모리슨은 학교통합과 민권운동 기간 동안 인종차별에 맞선 다양한 활
동들-버스 보이콧, 백인 전용 식당 이용하기, 자유를 위한 행진, 마틴
루터 킹(Martin Luther King, Jr.) 연설 등-과 함께 학교통합을 반대하
는 연설을 듣고 화가 난 군중이 흑인이 탄 차를 전복시키려는 사진(27),
백인 학생들의 시위(28), 3K단(Ku Klux Klan)이 십자가에 불을 붙이는
장면을 보는 두 명의 백인어린이(30), 리틀 록(Little Rock)에서의 차별
등을 다루는 사진과 함께 사진속의 흑인과 백인의 시점에서 그 당시의
상황을 다시 재현하고 있다. 이 작품의 경우 사진 속에 등장하는 여러
등장인물들[로자 팍스, 마틴 루터 킹, 루비 브리지(Ruby Bridges), 리틀
록 센트럴 고등학교(Little Rock Central High School)에 다니게 된 9명
의 흑인학생 중 한명인 엘리자베스 에크포드(Elizabeth Eckford) 등]은
직접 그림책을 출판 했거나 다른 작가의 작품 속에 등장하여 다각도로
재조명되어 왔다. 이 작품을 수업시간에 활용할 때 모리슨의 관점과 그
들의 관점을 비교하는 작업으로 이어질 수도 있을 것이다.

이 작품에 대해서 여러 서평에서 호평을 하고 있지만 일부 서평들은 아동을 대상으로 하는 역사그림책에서 "주석의 일부내용인 헌츠빌 (Huntsville) 학교들에 대한 내용이 정확하지 않고"(*Kirkus Review* 398), 직접 작품을 출판하기도 한 "루비 브리지의 입장이 되어 글을 쓴 부분이 이상하고, 학교통합 과정 및 민권운동 연대기와 사진의 배치 순서가 맞지 않은 점"(*Publishers Weekly* 63)을 지적하기도 했다.

이 책의 끝부분에서 흑인어린이는 칠판에 마술사를 그리며 마술사는 어떤 일이든 이룰 수 있다고 말한다. 이 장면은 흑인 어린이의 간절한 소망을 나타내는 동시에 인종차별이 심한 미국에서는 마술사만이 그런 일을 할 수 있다는 점이 강조되는 장면이기도 하다. 모리슨은 이 작품의 마지막 장면에서 흑인 소녀와 백인 소녀의 맞잡은 손을 보여주면서 다른 인종들끼리 조화롭게 사는 일이 가능한 일임을 강조하고 있다.

모리슨은 『학교통합의 여정을 기억하기』를 통해 역사를 바로 인식하고 그와 같은 역사가 되풀이 되지 않도록 하기 위해 재기억하고 준비해야 함을 강조하고 있다. 특히 이 작품은 모리슨의 다른 소설 속에 등장하는 인물들을 설명하고 보충하는 역할을 하고 있다. 12페이지에 등장하는 백인 인형을 들고 있는 소녀의 모습은 『가장 푸른 눈』에서 백인의 인형을 해체하는 클라우디아(Claudia)의 모습을 떠올리고 있다.

지금 그 인형에게 남아 있는 것이라고는 노란 머리카락과 초록빛 눈들뿐이다. 나는 그 인형과 함께 노는 것을 좋아한다. 그 여자애 인형은 혀를 내밀거나 나를 여러 이름으로 부르지도 않는다. 그리고 그 인형은 내가 시내로 가면 나를 향해 손가락질 하며 엄마의 옷 뒤로 숨지도 않는다. 인형 재스민은 나의 좋은 친구이다. (12)

이 책의 뒷부분에는 민권운동과 학교통합과 관련된 주요 사건이 실려 있으며 74-78페이지에 걸쳐 작품에 등장한 사진에 대한 설명이 실려 있다.『학교통합의 여정을 기억하기』는 아프리카계 미국아동문학의 두드러진 특징인 인종차별로 얼룩진 과거를 다음 세대에게 교육시키는 역할을 함과 동시에 인종차별의 해악을 비판하고 있다.

5. 맺음말

어른들의 구미에 맞지 않는 내용이 포함된 초기 그림책 작품들, 이솝 이야기를 그래픽 소설 형태로 다시 쓴 시리즈들, 학교 통합과 관련된 화보집을 통해, 모리슨은 다양한 주제와 장르를 통해 아동문학에 접근하고 있음을 알 수 있다. 또한 여러 작품을 통해 흑인아동의 실재를 다루고, 흑인의 역사를 재기억하는 문제로 확대시키고 있으며, 형식면에서 "그래픽 소설" 형태를 차용하고, 사진, 신문기사 등을 통해 주제를 부각시키고 있다.

인종적인 측면에서 보면『네모 상자 속의 아이들』의 경우, 흑인, 백인, 황인종을 닮은 등장인물을 제시하고,『얄미운 사람들의 이야기』의 경우, 선대 흑인 아동문학 작가들이 그랬듯이 동물이야기를 다루면서 인종을 비켜가고 있다.『누가 이겼지?』시리즈의 경우, 노예였던 이

숍 이야기를 개작하며 동물들을 등장시키면서도『누가 이겼지? 포피인가 뱀인가?』에서는 흑인 할아버지를 등장시키며, 흑인의 구술문화를 통한 지혜의 전수를 강조하고 있다. 또한『누가 이겼지? 개미인가 베짱이인가?』의 배경이 되는 마을과 길거리 문화와 대화체는 랩 음악이 울려 퍼지는 흑인 마을을 상기시키고 있다. 모리슨은『학교통합의 여정을 기억하기』에서 인종차별과 교육문제를 정면으로 다루고 있으며 이를 통해 과거를 올바르게 기술하고, 독자들이 과거로부터 뚜렷한 교훈을 얻어 미래를 준비할 수 있게 이끌고 있다.

　『누가 이겼지?』시리즈의 경우 열린 결말로 작품을 끝내면서 끊임없는 재해석의 여지를 열어놓고 있으며,『학교통합의 여정을 기억하기』에서는 미국역사와 함께 한 인종차별의 폐해를 기록하면서 앞으로도 반복될 수 있는 자유와 평등의 길을 향한 긴 여정을 어린이들이 대리체험하게 하면서 현실을 직시할 수 있게 하고 있다. 아동문학의 힘은 어린이들의 공감, 간접체험, 재미를 포함하면서 교육, 학습, 토론을 포함하는 것에 있다고 할 때 모리슨의 아동문학작품들은 아동문학의 중요한 특성을 아우르는 작품들이라 할 수 있을 것이다. 또한 모리슨의 아동문학 작품들은 모리슨이 다른 소설 작품들과 대화적인 관계를 유지하고 있기에 향후 다양한 후속연구들을 파생할 것이다.

| 참고문헌 |

김애주. 「위반의 미학: 토니 모리슨의 아동 문학과 브리콜라주 복원」. 『신영어 영문학』 30 (2005): 1-16.

문상영. "Reclaiming History in Recent African American Fiction for Children." 『영어 영문학 연구』(연세대학교 영문학회) 20 (1998): 299-324.

신진범. 「아동문학의 관점에서 조명해본 토니 모리슨의 『가장 푸른 눈』과 김 용익의 『푸른 씨앗』」. 『동화와 번역』 8 (2004): 107-21.

Bragard, Veronique. "Opening-up Aesop's Fables: Heteroglossia in Slade & Toni Morrison and Pascal Lemaitre's 'The Ant or the Grashopper?'." *ImageTexT: Interdisciplinary Comics Studies* 3.3, 2007.
<http://www.english.ufl.edu/imagetext/archives/v3_3/bragard/>

Capriccioso, Rob. "Toni Morrison's Challenge." Connect for Kids (July 25, 2003).
<http://sparkaction.org/node/487>

Constantinides, Judith. "Review of *The Book of Mean People*." *School Library Journal* 48.11 (2002): 132.

Currie, Tracie. "Review of *The Big Box*." *Black Issues Book Review* 2.1 (2000): 68.

Goncalves, Wande Knox. ""Little Black Sambo" and the Legacy of Image in African American Literature for Children." Paper presented at The Annual Conference and Exhibit of The Association for Supervision and Curriculum Development (Baltimore, MD, March 22-25, 1997).

Goss, Gail. "Review of *The Book of Mean People*." *Book Links* 13.4 (2004): 27.

Hefflin, Bena R. & Mary Alice Barksdale-Ladd. "African American Children's Literature That Helps Students Find Themselves: Selection Guidelines for

Grades K-3.' *Reading Teacher* 54.8 (2001): 810-19.

Lester, Neal. ""Do You See What I See? Do You Hear What I Hear?": Becoming Better Adults through Toni Morrison's *The Big Box* and *The Book of Mean People*." *Once Upon a Time in a Different World: Issues and Ideas in African American Children's Literature*. New York: Routledge, 2007. 135-52.

Morrison, Toni. *Remember: The Journey to School Integration*. Boston: Houghton Mifflin, 2004.

Morrison, Toni & Slade Morrison. *The Big Box*. New York: Jump at the Sun, 1999.

_____. *The Book of Mean People*. New York: Hyperion Books for Children, 2002.

_____. *Who's Got Game? The Ant or the Grasshopper?* New York: Scribner, 2003.

_____. *Who's Got Game? The Lion or the Mouse?* New York: Scribner, 2003.

_____. *Who's Got Game? Poppy or the Snake?* New York: Scribner, 2004.

"Review of *Remember: The Journey to School Integration*." *Kirkus Review* 72.8 (2004): 398.

"Review of *Remember: The Journey to School Integration*." *Publishers Weekly* 251.16 (2004): 62-63.

"Review of *The Big Box*." *Journal of Adolescent & Adult Literacy* 45.8 (2002): 795.

Russell, David L. *Literature for Children: A Short Introduction* (Fifth Edition). New York: Pearson Education, Inc., 2005.

Sutton, Roger. "Review of *The Big Box*." *The Horn Book Magazine* 75.5 (1999): 598.

Woodson, Jacqueline. "Interview."

<http://www.teachingbooks.net/content/Woodson_qu.pdf>

* 이 글은 「토니 모리슨의 아동 문학」(『동화와 번역』 15권, 2008, 99-119)을 수정, 보완한 것임.

II

아동문학의 관점에서 조명해본 토니 모리슨의 『가장 푸른 눈』과 김용익의 『푸른 씨앗』

"나의 피부색은 어떠한 경우에도 결함으로 여겨져서는 안 된다."

(파농 32)

1

1993년 노벨 문학상을 수상한 아프리카계 미국 여성 소설가인 토니 모리슨(Toni Morrison)의 『가장 푸른 눈』(*The Bluest Eye*)과 1세대 한국계 미국작가인 김용익(Kim Yong Ik)[1]의 『푸른 씨앗』(*Blue in the Seed*)

---

[1] 김용익의 경우 영문학자들의 한국계 미국작가 연구에서 지속적으로 이름은 거론되고 있지만 지금까지 구체적인 작품 분석은 거의 없다(영문학자의 연구는 유선모, 이기한의 글을 참고. 국문학자의 연구는 조규익, 서종택, 유병천의 글을 참고할 것). 이기한의 논문은 (1) 1920-1950: 초기 작가들의 "collective self," (2) 1950-1980: 전후 작

은 다문화주의의 관점에서 읽을 때 여러 의미를 파생시킨다. 두 소설은 아동문학 및 청소년 문학의 범주에 속하기도 하는 소설로, 모두 어린이를 주인공으로 설정했다는 공통점이 있다. 푸른 눈과 금발이 전형적인 미의 기준이 된 미국사회에서 푸른 눈을 갈망하다가 미쳐버리는 피콜라(Pecola)와 한국에서 혼혈아로 태어나 자신의 푸른 눈 때문에 따돌림을 당하는 천복(Chun Bok)의 이야기[2]는 미국과 한국, 1940년대와 한국

가들의 "universal self," (3) 1980-현재: 신진 작가들의 "marginal self," 그 외에도 20세기 초 노동 이민사, 동양계 미국문학에 대한 연구 현황 및 문제점, 미국문학에 나타난 한국과 한국인의 모습을 다루고 있다. 김용익은 "초벌작을 외국어로 쓰고 이를 모국어로 재창조한 기이한 실험을 감행한 전무후무한 작가"(김윤식 66)로 그의 소설 가운데 『행복한 날들』(The Happy Days)은 영국·서독·덴마크·뉴질랜드에서도 출판되었고, 미국 도서관협회의 1960년도 우수 청소년도서로, 『뉴욕 타임스』의 연말 '우수도서'로 각각 선정되었다. 『뒤웅박』(The Diving Gourd)은 인도에서 재출판되었으며, 『푸른 씨앗』은 1966년 서독에서 '우수도서'로 선정되었고 덴마크 교과서에 축소판으로 게재되는 한편 1967년 오스트리아 청소년 정부 명예상을 수상했다"(서종택 70). 『푸른 씨앗』은 김용익의 작품에서 자주 접할 수 있는 "이니시에이션의 한 전형"(서종택 90)을 보여주는 작품으로 "이동하는 사회 속의 가치나 이념의 전도의 의미를 잘 드러내주며", "전후사회 자체보다는 그 그림자를 그린"(서종택 93, 95) 작품이다. 이 소설의 "전체적 구도는 대상을 떠난 동양적인 심성의 탐색과 대상을 향한 서양적 자아의 탐색이 혼합된 성격의 것이다"(송창섭 113).

2 김용익은 한국에서 발행된 『푸른 씨앗』의 「머리말」에서 "인간사의 갈등을 관조하고 『푸른 씨앗』에 나오는 천복이 같이 눈빛이 다르다하여 구박을 받는 등 형제싸움 같은 인종차별로서 다투지 말고, 인류의 앞날엔 우리네의 지난 세월보다 더 평화롭게 상부상조하여 조화의 삶을 살게 되기를 축원하는 내자신의 꿈"(김용익, 「머리말」 4)에 대해 이야기한다. 『푸른 씨앗』은 김용익의 전체 작품에서 혼혈 및 피부색의 차이와 관련된 몇 안 되는 작품이다. 김용익의 『푸른 씨앗』보다 먼저 한글로 쓰인 1세대 재미 한인작가의 작품으로는 「특이」를 들 수 있다. 이 작품은 신한민보 1110호 (1928. 12. 27)~1130호(1929. 5. 23)에 걸쳐 연재된 산술의 작품으로 여기서 '특이'(特異)는 우리사회에서 전통적으로 '트기'로 불려오던 혼혈인을 말한다(조규익 168). 조규익은 이 소설에 대해 "이 소설은 이민문학만이 다룰 수 있는 주제를 적절하게 선정하여 성공을 거둔 경우"(168)라고 말한다. 한국계 미국 소설에서 혼혈과 관련된 일련의 작품들을 발견할 수 있다. 그 중에서 대표적인 작품으로는 Heinz Insu Fenkl

전쟁 이후라는 시공간의 차이가 있지만, 모두 푸른 눈을 둘러싼 이야기를 다루고 있다. 이 글에서는 모리슨과 김용익의 소설에서 푸른 눈의 수용 양상을 비교하며, 두 소설에 나타난 차별과 화해에 대해 살펴보고 이 두 소설에 나타난 아동문학적 특성을 살펴보기로 한다.

2

『가장 푸른 눈』은 토니 모리슨의 소설 가운데 아동문학이나 (10대 후반의) 청소년 문학(young adult literature)으로 연구되기도 하고, 고등학교의 수업시간에 읽히기도 한다. 모리슨은 『가장 푸른 눈』에서 어린 피콜라가 또래집단과 가정, 그리고 사회에서 강요하는 미의 기준을 선망하다가 "강간, 정신착란, 침묵(rape, madness, silence)"(Miner 85)의 과정을 겪게 되는 내용을 그리고 있다. 모리슨은 『가장 푸른 눈』의 「작가 후기」("Afterword")에서 이 소설의 소재가 된 일은 초등학교 때 만난 친구가 푸른 눈을 갖고 싶다고 한 말이었다고 밝힌다. 모리슨은 "왜 아름다움이 그대로 인정받지 못하는가? … 인종마다 다른 아름다움의

의 *Memories of My Ghost Borther*(1996)과 Elizabeth Kim의 *Ten Thousand Sorrows*(2000), 그리고 "뉴욕에서의 흑인과 한국계 미국인들간에 벌어진 인종적 갈등을"(유선모 256) 주제로 한 Leonard Chang의 *The Fruit 'N Food*(1996), "아직까지도 다른 종족간의 이성관계가 금기되고 있는 현실에 대해 비판하고 다문화주의 시류에 걸 맞는 화해와 화합의 메시지를 제시하는"(이기한 95) Susan Choi의 *The Foreign Student*(1998), "Moo Moo(無無)라는 독특한 이름의 전쟁고아가 자신이 한국인 창녀와 이름 모를 미국인 병사 사이에 태어난 사생아라는 아픈 과거를 극복하고"(이기한 95) 영화제작자로 성장하는 과정을 그린 Ty Pak(박태영)의 *Cry Korea Cry*(1999) 등이 있다.

잣대를 주장하는 것은 모든 집단에서 찾아볼 수 있는 문화적, 인종적 약점에 대한 자조적 비판에 대한 반작용이 아니다. 그것은 외부의 시선 때문에 생기는, 상처만 안겨주는 열등감을 벗어버리자는 것이었다"(Morrison, "Afterword" 210)라고 집필 의도를 말한다.

한편 김용익의 『푸른 씨앗』은 혼혈의 어머니와 한국인 아버지 사이에서 태어난 천복이 학교에서 따돌림을 받는 상황을 극복하는 이야기를 담고 있다. 이 두 소설은 어린 주인공들의 성장소설의 일면을 가지고 있다. 정신이상으로 거리를 방황하는 피콜라의 파멸을 그린 『가장 푸른 눈』은 목소리를 내지 못하는 피콜라의 이야기를 대신 풀어나가는 클라우디아(Claudia)[3]를 통해서, 인종차별적인 상황에서 온전한 생존의 가능성을 보여주고 있으며, 자신을 둘러싼 가혹한 상황 속에서 미쳐버리는 피콜라의 이야기를 통해서 작가는 한 어린이의 비극을 만드는 주변 환경을 비판하고 있다.

『푸른 씨앗』에서 천복은 새로 전학 온 학교에서 자신의 푸른 눈을 너무 의식한 나머지 정면으로 친구들을 바라볼 용기를 내지 못한다. 이 같은 천복의 행동이 발단이 되어 천복과 친구들은 잦은 싸움을 하게 된다. 자신의 푸른 눈에 절망하는 천복은 소를 잃어버리는 사건을 겪으면서 소를 찾다가 길을 잃어 절에서 하룻밤을 보내게 된다. 천복은 절

---

3 킹콕청(King-Kok Cheung)은 일본의 고베에서 『가장 푸른 눈』과 맥신 홍 킹스턴(Maxine Hong Kingston)의 『여인무사』(*The Woman Warrior*)를 가지고 강의를 한 경험과 학생들의 반응을 "Pedagogies of Resonance"에서 비교한다. 킹콕청은 『여인무사』에서 화자가 자신과 같은 외모와 피부색을 가진 여학생을 혐오스럽게 대하는 장면과 푸른 눈의 금발 인형을 찢는 클라우디아의 반응을 대조하며 아프리카계 미국작가인 모리슨과 중국계 미국작가인 킹스턴의 차이를 설명하고 있다(Cheung 17).

에서 스님을 만나서 "세상을 마음의 눈으로 보면 잃는 것이 아무 것도 없다"(You will lose nothing if you see the world with your inner eye, 77) 라는 이야기를 듣는다. 소설의 결말에서 천복은 "마음의 눈"으로 세상을 바라보게 된다.

『푸른 씨앗』은 "미국의 교육텔레비전에 방송되기도 한"(최일남 433) 김용익의 중편소설로 피부색의 차이에서 파생하는 문제를 다루고 있으며, 천복을 둘러싼 교사, 또래집단, 종교인과 어머니의 역할, 공동체 구성원의 태도, 변하는 시대적 상황 등이 주인공의 성장에 어떤 역할을 하고 있는지를 보여주고 있다. 특히 이 작품은 한국에서 혼혈인들이 여러 사람들의 놀림감이 되는 것에 대한 작가의 견해가 투영된 작품으로, 어린 천복이 또래 집단에서 눈의 색깔이 다르다는 이유만으로 따돌림을 받고, 이로 인해 어린 마음에 상처를 입게 되고 이를 극복하게 되는 과정을 보여줌으로써 화해의 메시지를 전하고 있다.

『가장 푸른 눈』의 경우는 아버지에게 근친상간을 당하고, 위선적인 종교인인 소우프헤드 처치(Soaphead Church)의 부탁으로 개를 독살하고, 그 행위로 인해 세상에서 가장 푸른 눈을 가졌다고 믿고 자아 분열을 일으키는 피콜라를 파멸시킨 사회적, 가정적 원인이 친구의 처지를 지켜보는 클라우디아의 서술과 전지적 작가의 서술로 마치 씨줄과 날줄의 교차처럼 서술된다. 이 소설에서 피콜라는 또래 집단의 따돌림의 문제를 비롯해서 『푸른 씨앗』의 천복이 처하게 되는 비슷한 상황을 겪게 된다.

『가장 푸른 눈』과 『푸른 씨앗』에서 주인공을 둘러싼 외부 환경의 차이점은, 교사, 어머니, 종교인의 역할로 집약될 수 있다. 『가장 푸른 눈』의 경우, 피콜라가 다니는 학교의 교사들은 모린 필(Maureen Peal)과 같은 혼혈아를 편애하고, 피콜라의 이름을 한 번도 부르지 않으며 차별을 드러낼 때만 피콜라의 이름을 부른다. 피콜라의 어머니인 폴린(Pauline)은 백인의 모습을 흉내 내며 임신 5개월에 영화배우인 진 할로(Jean Harlow)처럼 차려입고 영화관의 은막 위에 등장하는 백인 배우들의 모습에서 지배문화가 설정해 놓은 미의 기준을 맹목적으로 답습한다. 또한 이 소설에는 피콜라를 더 비극적인 상황으로 몰고 가는 소우프헤드 처치가 등장한다. 그는 백인 우월적인 환경에서 자라나 위선적인 종교인 행세를 하는 사람이다.

『푸른 씨앗』의 경우, 자신도 혼혈 태생이면서 천복의 고뇌를 이해하려고 애쓰며, 혼자 가정을 꾸려 가는 어머니[4]와 차별 없이 천복을 대하는 교사와 "마음의 눈"으로 세상을 볼 수 있다는 조언을 해주는 절간의 스님이 등장한다. 그 외에도 피콜라와 천복을 바라보는 공동체 구성원들의 시각도 상당한 차이가 있다. 피콜라가 메리 제인 사탕을 사기위해 야코보우스키(Yacobowski)씨가 운영하는 가게에 갔을 때 피콜라는 그 백인의 눈빛에서 "흥미, 혐오, 심지어 노여움"(interest, disgust, even anger, 42)을 발견한다. 또한 "고양이"와 관련된 부분에서는 피콜

---

4 송창섭은 『푸른 씨앗』에 등장하는 어머니에 대해 "청소년 주인공의 자아는 선천적으로 타고 난 '푸른 눈' 때문에 주어진 환경에 적응하지 못하다가 어머니를 통해 심리적 충만감을 경험하고 자기의 정체성을 찾는다"(송창섭 102)라는 말로 천복이 어머니로부터 받은 영향을 말한다. 천복의 어머니는 아들의 교육을 위해 시어머니와 함께 살던 섬을 떠나 육지로 이사를 온다. 천복의 어머니는 새로운 곳에서도 아들이 경험 할 일을 예견하며, "Bok, in this new place where we are going, it may be that some will call you 'Fish Eye.' They would like to see you cry. You may hit them back, but don't cry in front of them."(10)라고 말하며, 푸른 눈으로 인한 또래집단의 행동에 적극적으로 대처하라고 말한다.

라는 자신도 흑인이면서 피콜라를 보면서 지저분한 "파리"(75) 같다고
여기는 제럴딘(Geraldine)을 만난다.『가장 푸른 눈』에서 피콜라에게 유
일하게 위안이 된 어른들은 세 명의 창녀들인 차이나(China), 폴란드
(Poland), 그리고 미스 마리(Miss Marie)뿐이었다.

한편 천복은 마을의 한의원과 선글라스를 낀 사람과의 대화에서
자신을 특이하게 바라보지 않는 시선을 발견한다. 선글라스를 착용한
사람은 자신의 두 눈이 크기가 달라서 고민이 많았다고 말하며 "내가
안경을 착용하기 시작하고부터 아무도 눈의 크기가 다른 것을 알아차
리는 것 같지 않았다"(Since I started wearing glasses, no one seems to
notice the different sizes, 53)라고 말한다.

이 말은『푸른 씨앗』에서 중요한 복선의 역할을 한다. 천복은 선
글라스를 착용한 사람의 말을 듣고 자신의 푸른 눈을 감추기 위해 선
글라스를 사서 착용해 보지만 결국 친구들의 비웃음만 살 뿐이다. 천복
에게 필요한 것은 일시적으로 자신의 눈을 가리는 선글라스가 아니라
세상을 새롭게 볼 수 있는, 상호이해와 인간애라는 색안경, 즉 "마음의
눈"이라는 근본적인 치유책이 필요하기 때문이다.

모리슨은 피콜라가 백인이 설정하고 강요하는 미의 기준에 집착
하는 모습을 그 당시의 문화코드를 통해서 제시한다. 피콜라는 클라우
디아의 집에 와서 틈만 나면 우유를 먹는다(22). 그 이유는 셜리 템플
(Shirley Temple)의 그림이 있는 컵을 자주 보기 위해서이다. 또한 메리
제인(Mary Jane) 사탕 아홉 개를 사먹으며 아홉 번의 희열을 느낀다
(43). 하지만 이런 친구의 집착적인 행동을 지켜보는 클라우디아는, 온
나라와 어른들이 신주단지처럼 떠받드는 금발에 푸른 눈을 가진 인형

을 분해해서 그 인형이 아름다워야 하는 이유를 발견하고자 한다. 그러면서 자신의 이 같은 욕망이 또래의 백인소녀에게로 옮아가는 것에 섬뜩함을 느낀다. 또한 가능한 백인을 흉내내고 백인과 동화되고자 애쓰며 피콜라를 무시하는 모린 필의 신체적 결함을 찾아내어 "육손이, 송곳니"(Six-finger-dog-tooth, 53)라고 놀려대며 자신의 정체성을 지켜내려고 노력한다. 이 같은 클라우디아의 행동은 자신을 놀려대는 친구들과 싸움을 벌이는 천복의 태도와 같다.

이 두 소설에서 어린이들의 피부색은 자신의 의지와는 무관하게 주어진 것이다. 모리슨과 김용익은 피부색의 차이로 인해 어린아이들이 겪게 되는 정신적인 상흔(trauma)을 포착하고 있는데, 이 같은 예는 모리슨의 경우, 피콜라가 평소에 아름답다고 생각한 민들레를 보며 추하다고 말하는 장면에서 나타난다.5 야코보우스키의 가게에서 자신을 혐오스럽게 보는 백인 어른의 시선을 대면한 피콜라는 그동안 아름답다고 생각했던 민들레를 더 이상 아름답다고 생각하지 않는다. 이는 인종차별이 한 인간의 인성을 파멸시키는 순간이다.

김용익의 경우 이 같은 장면은 천복이 친구들과 싸움을 벌인 후, 복수하기 위해서 아이들을 찾으러 학교에 와서, 학교 안에 있는 동물 우리에 들어가서 여러 동물들에게 화풀이를 하는 장면을 통해서 제시

---

5 모리슨은 『가장 푸른 눈』에서 이와 비슷한 장면을 피콜라의 아버지인 촐리(Cholly)의 경험을 통해 반복적으로 등장시키고 있다. 촐리가 열네 살 때 처음으로 달린(Darlene)과 성관계를 가질 때 백인 남성 두 명이 손전등으로 촐리와 달린을 비추며 겁에 질린 촐리에게 성행위를 계속하라고 강요하며 그 장면을 구경한다. 이 상황에서 촐리는 백인 남성에게 받은 인종차별의 상흔을 흑인여성인 달린에게 전가시킨다. 촐리는 "손전등 빛이 그의 내장 속으로 꿈틀거리고 들어와 [조금 전에 먹은] 포도의 달콤한 맛을 썩은 내와 구린내가 나는 담즙으로 바꾸어 놓는"(117) 것을 경험한다.

되고 있다(69-71). 두 작가는 어린이들이 받은 상흔이 그들이 평소에는 소중하다고 생각하는 대상[6]이나, 자신들보다 힘없는 대상에게 그 상흔을 배가하여 배출하는 공통적인 상황을 보여줌으로써 죄가 죄를 낳는 인종차별과 피부색의 차이로 가해지는 차별의 해악을 상징적으로 보여주고 있다.

『가장 푸른 눈』에서 피콜라는 자신의 모든 불행이 자신이 푸른 눈을 가지고 있지 않아서 생긴다는 자책감에 빠져 있다. 피콜라는 부모들의 부부싸움을 지켜보며 자신이 선택할 수 있는 유일한 방법을 선택한다. 그것은 자신을 사라지게 해달라고 기도하는 것이다. 일년 이상 자기 존재를 지우는 기도를 해온 피콜라는 자신의 모든 신체부분이 하나씩 흩어지는 것을 경험하지만 결코 눈을 어쩔 수 없다는 것을 발견한다. 피콜라가 자신의 눈을 지울 수 없는 이유는 다른 사람의 눈을 통해서 자신을 보려하기 때문이다.[7]

---

6 『푸른 씨앗』에서 천복은 많은 시간을 소와 함께 지낸다. 천복은 평소에 자신을 따돌리는 친구들보다도 소와 함께 있는 것을 더 좋아한다. 천복이 자신이 받은 모욕감에 못 이겨, 학교의 동물들을 내쫓는 것은 자신이 받은 상처에 대한 화풀이의 성격을 지닌다.

7 이는 듀 보이스(Du Bois)가 강조한 "이중의식"(double-consciousness)과 관련지어 생각해볼 수 있다. 듀 보이스는 이중의식에 대해 "늘 다른 사람들의 눈을 통해서 자아를 보고, 즐기는 듯한 멸시와 연민으로 방관하는 세계의 잣대로 사람의 영혼을 재는"(Du Bois 2-3)것이라고 말한다. 모리슨은 피콜라에 대해 "… she would never know her beauty. She would see only what there was to see: the eyes of other people."(40)라고 묘사한다. 천복의 경우 "You, fish eye, bird eye, I hate you! How can two small marks of blue be so important?"(82)라는 말을 하면서 이중의식을 경험하지만, 주변상황과 일련의 일에 의해 부분적인 "이중의 비전"을 이루어낸다. 여기서 "이중의 비전"이라 함은 자신이 처한 독특한 상황을 이겨내고, 차이를 넘어선 다양성을 포함한 관점을 포착하는 것을 말한다. 듀 보이스의 "이중의식"의 관점에서『가장 푸른 눈』을 분석한 연구는 Michael Awkward의 글을 참고.

『푸른 씨앗』의 천복은 자신의 눈을 "새 눈깔"(Bird Eye, 31)이라고 놀리는 친구들과 싸움을 벌이고 왜 자신의 눈이 조롱과 수치의 대상이 되는지에 대해서 스스로 반문한다. 이 작품에서 푸른 눈에 대한 반전이 일어나는 부분은 소를 잃어버린 천복이 소를 찾는 장면이다. 소싸움에서 승리한 소는 천복이 잃어버린 소였다. 하지만 어떤 사람이 잃어버린 천복의 소를 자기의 것이라고 우긴다. 친구들과 싸우느라고 소를 잃어버려서 집에도 갈 수 없는 천복은 울며 필사적으로 소를 잡고 놓지 않으려고 한다. 그 때 얼마 전에 천복의 소에 징을 박아준 사람이 나서서 천복이 소의 진짜 주인이라고 말한다. 그 이유는 천복의 푸른 눈이 특이해서 단번에 소 주인을 알아볼 수 있다는 것이다. 김용익은 천복의 푸른 눈이 잃어버린 소를 찾는 열쇠가 되게 하고, 작품 속에서 천복을 이해하려고 하는 정란(Jung Lan)의 푸른 치마(87), 푸른 하늘과 자연 속에 채색된 긍정적인 푸른 색[8]을 첨가하면서 결국 천복의 "푸른 눈은 운이 좋아"(Blue eyes are lucky, 113)라는 말로 작품의 결말을 장식한다.

8　『가장 푸른 눈』에서 푸른 눈과 푸른색에 대한 집착은 소설 전체에 의해 반복적으로 등장하며, 피콜라의 집착을 강화시키고 있다. 모리슨은 소설을 4계절을 중심으로 배치하고, 소설의 첫 장면과 소설의 매 장마다 미국에서 사용되는 "읽기 교재"(primer)의 일부분으로 시작한다. 특히 각 장이 시작되는 도입부에서는 자신이 패러디 하고자 하는 일곱 가지 대상을 제시한다. 모리슨은 피콜라와 집, 가족, 고양이, 어머니, 아버지, 개, 친구와의 관계를 통해 피콜라가 겪어야 하는 상황을 나타내고 있다.

3

지금까지 모리슨의『가장 푸른 눈』과 김용익의『푸른 씨앗』을 아
동문학적 관점에서 살펴보았다. 서로 다른 문화권을 배경으로 하고 있
는 이 두 작품은, 푸른 눈의 금발로 대변되는 백인의 미의 기준과 그러
한 지배적인 미의 기준이 전도되어 따돌림을 받는 상황을 보여줌으로
써, 상대적인 미의 기준에 대한 이해를 촉진시키고 미의 기준에 대한
통문화적 이해를 확장시키고 있다.[9] 또한 강의실에서 이 두 소설을 나
란히 읽을 경우[10], 소설을 통한 문화의 이해를 확장시키고 학생들에게
인종, 혼혈, 미의 기준과 관련된 토론으로 확장시킬 수 있을 것이다.

앨리스 워커(Alice Walker)는『우리 어머니들의 정원을 찾아서: 우
머니스트 담론』(*In Search of Our Mothers' Gardens: Womanist Prose*)에서 인
종간의 조화를 정원에 피어 있는 여러 종류의 꽃들에 비유해서 설명하
고 있다. 워커는 우머니스트에 대한 정의를 내리면서 "엄마, 왜 우리들
은 갈색·분홍색·노란색인데, 우리 사촌들은 하얗거나 베이지 색이거

---

9 이기한은 "다문화주의의 영향으로 최근의 한국계 작가들의 활동이 특히 활발한 영
   역은 청소년 문학이다. '타문화의 이해'가 중·고등학교 교육과정의 한 부분으로 부
   상하면서 미국의 출판업계에서도 청소년들을 겨냥한 한국계 미국 문학작품들의 상
   품성을 서서히 인정하고 있다"(97)라고 말하면서 청소년 문학의 가능성에 대해 말
   한 바 있다. 지금까지 한국계 미국문학에서 청소년관련 작품을 연구한 논문은 그리
   많지 않다.
10 『가장 푸른 눈』을 고등학교 수업시간에 활용하며 학생들의 다양한 반응을 연구한
   캐롤린 P. 헨리(Carolyn P. Henly)는「『가장 푸른 눈』을 가르치며: 논쟁에 대한 해결
   책으로의 독자반응 비평이론」("Reader-Response Theory as Antidote to Controversy:
   Teaching *The Bluest Eye*")에서 이 같은 경험을 진술하고 있다. 헨리는 이 글에서 학
   부형으로부터 혹은 학생들로부터 거센 항의를 받을 것이라 생각한 자신의 예견이
   잘못된 것이라고 밝히며, 학생들의 다양한 반응과 해석을 소개한다.

나, 검어요?"라는 질문에 "유색인종은 모든 색의 꽃이 피어있는 꽃밭과 같은 것이란다."(Walker xi-xii)라고 답하는 사람이라고 말한다. 피부색으로 인한 차이는 『가장 푸른 눈』에서처럼 한 개인을 파괴시킬 수 있는 요소가 되기도 하지만 차이를 토대로 한 성장과정으로 넘어가는 하나의 통과의식(rite of passage)이 되고 차이를 인정한 발전의 계기가 될 수도 있을 것이다.

| 참고문헌 |

김용익. 「머리말」. 『푸른 씨앗』. 서울: 샘터, 1991.

김윤식. 「초벌과 재창조의 실험에 관하여-김용익의 경우」. 『작가연구』. 서울: 새미, 1997. 45-67.

박진임. 「김용익의 『푸른 씨앗』에 나타난 주체 형성과 차이의 문제」. 『미국학 논집』 37.3 (2005): 291-310.

서종택. 「민족 정체성과 실존적 개인」. 『한국학연구』 11.1 (1998): 153-74.

_____. 「재외 한인 작가와 민족의 이중적 지위」. 『한국학연구』 10.1 (1998): 7-14.

_____. 「향수와 페이소스의 세계」. 『작가연구』. 서울: 새미, 1997. 68-95.

송창섭. 「상징의 닫힘과 열림-「행복의 계절」, 「푸른 씨앗」, 『뒤웅박』」. 『작가 연구』. 서울: 새미, 1997. 96-127.

신진범. 「『새파란 눈』에 나타난 미(美)의 기준과 지배문화 연구」. 『영어영문학』 18.1 (1999): 57-79.

유병천. 「이민작가의 한계와 문학전통: 강용흘, 김용익, 김은국 씨의 경우」. 『신 동아』 27 (1966): 428-36.

유선모. 『미국 소수민족 문학의 이해-한국계 편』. 서울: 신아사, 2001.

_____. 「1990년대의 한국계 미국소설의 특징」. 『벨로우-맬라머드 연구』 6.2 (2002): 55-78.

이기한. 「해외에서 활동하는 문화예술인 2 / 한국계 미국문학」. 『문화예술』, 2000년 10월. 93-97.

조규익. 「이민문학은 '우리문학'이다.」. OK Times 107호, 2002. 15-21.

_____. 「재미한인 이민문학에 반영된 자아의 두 모습: 영문소설 몇 작품을 중 심으로」. 『숭실대인문과학연구소논문집』 29 (1999): 315-27.

_____. 「제1세대 재미 한인작가들의 소설(II)」. 『숭실어문』 15.1 (1999): 131-83.

최일남. 「최일남이 만난 사람-재미작가 김용익」. 『신동아』, 1983년 9월. 424-38.

프란츠 파농(Fanon, Frantz). *Black Skin, White Masks*. 김남주 역. 『자기의 땅에서 유배당한 자들』. 서울: 청사, 1978.

Awkward, Michael. ""The Evil of Fulfillment": Scapegoating and Narration in *The Bluest Eye.*" *Toni Morrison: Critical Perspectives Past and Present*. Eds. Henry Louis Gates Jr. & K. A. Appiah. New York: Amistad, 1993. 175-209.

Cheung, King-Kok. "Pedagogies of Resonance." *Women's Review of Books* 19.5 (2002): 17.

Du Bois, W. E. B. *The Souls of Black Folk*. New York: Bantam, 1989.

Henly, Carolyn P. "Reader-Response Theory as Antidote to Controversy: Teaching *The Bluest Eye.*" *English Journal* 82.3 (1993): 14-19.

Kim, Yong Ik. *Blue in the Seed and Other Stories*. Seoul: Si-sa-yong-o-sa, 1990.

Lee, John Kyhan. "The Notion of "Self" in Korean American literature: a Socio-historical Perspective," diss. U of Connecticut, 1990.

Miner, Madonne M. "Lady No Longer Sings the Blues: Rape, Madness, and Silence in *The Bluest Eye,*" *Modern Critical Views: Toni Morrison*. Ed. Harold Bloom. New York: Chelsea House Publishers, 1990.

Morrison, Toni. "Afterword." *The Bluest Eye*. New York: Plume Book, 1994. 209-14.

_____. *The Bluest Eye*. New York: Washington Square Press, 1970.

Walker, Alice. *In Search of Our Mothers' Gardens: Womanist Prose*. New York: Harcourt Brace & Company, 1983.

---

* 이 글은 「아동문학의 관점에서 조명해본 토니 모리슨의 『가장 푸른 눈』과 김용익의 『푸른 씨앗』」(『동화와 번역』 8권, 2004, 107-21)을 수정, 보완한 것임.

III

토니 모리슨의 『빌러비드』와 엘리자베스 김의 『만 가지 슬픔』에 나타난 상호텍스트성 연구

"엄마는 내 목숨이 자신의 목숨보다 더 중요하다고 하셨다. 엄마가 *가장 사랑하는(beloved)* 사람이 나라고 하셨다."

(Kim 6, 이탤릭 필자강조)

1

토니 모리슨(Toni Morrison)의 『빌러비드』(*Beloved*)와 엘리자베스 김 (Elizabeth Kim)의 『만 가지 슬픔』(*Ten Thousand Sorrows*)은 유색 여성작가 들의 작품 속에 나타나는 어머니와 딸의 관계와 여성의 정체성 찾기라 는 주제가 맞물려 있는 작품들로서[1], 『빌러비드』는 아프리카계 미국여

---

1 지금까지 소수민족 작가의 모녀 관계에 대한 연구로는 구은숙, 「여성의 정체성 추구

성과 딸의 관계를, 『만 가지 슬픔』은 한국계 미국 여성의 모녀관계를 살펴볼 수 있는 작품이다. 이 두 작품에 나타난 모녀관계는 이전 세대의 모녀관계가 되풀이되어 재현되기도 하고, 등장인물을 둘러싼 절박한 상황으로 인해 더욱 과감한 형태로 제시되기도 한다. 모녀관계에 대한 연구는 여성의 모성을 황폐화시키는 사회적 상흔을 드러내는 역할을 하고, 미국에 사는 소수민족 여성의 상흔을 살펴볼 수 있는 기회를 제공한다. 또한 이들의 모국인 아프리카와 한국에서 미국으로의 이주가 이들의 삶에 어떤 변화를 주고 있는지에 대해서 살펴볼 수 있다. 이 글에서는 피부색이 다르고 작품배경의 시대가 다른 이 두 여성작가의 작품 속에 나타나는 모녀관계의 상호텍스트성을 살펴보면서 모녀관계가 여성의 정체성 찾기와 어떤 관계를 가지는지에 대해서 살펴보고자 한다.

모리슨의 『빌러비드』는 도망 노예 송환법(Fugitive Slave Act)에 따라 자신과 자식을 잡으러 온 농장주에게 딸을 빼앗겨 딸이 자신과 같은 노예가 되게 하는 것보다는 차라리 죽이는 것이 낫다고 생각한 세스(Sethe)의 피보다 진한 모성이 작품의 동인으로 작용한다. 한편 김의 『만 가지 슬픔』은 혼혈아의 신분으로 미국에 입양되어 종교적으로 엄격한 부모와 비정상적인 남편 디(D.)의 정신적, 신체적인 폭력을 겪으며 딸 리(Leigh)를 낳고 딸의 온전한 생존을 위해 남편으로부터 도망친

와 모성: 앨리스 워커의 『메리디안』과 맥신 홍 킹스턴의 『여인무사』를 중심으로」와 「상실된 어머니의 회복: 조이 코가와의 오바산에 나타난 기억, 역사, 정체성」; 우은주, ""The Beginning is Hers, The Ending, Mine": Chinese American Mother/ Daughter Conflict and Reconciliation in Maxine Hong Kingston's *The Woman Warrior*"; 장정희, 「흑인 여성 글쓰기의 전략과 흑인 여성 정체성: 토니 모리슨의 『빌러비드』를 중심으로」; 이기한, "Feminine Bonding and Ethnic Bonding in Recent Asian American Literature"를 참고.

김의 회고록으로, 한국에서 강제로 죽임을 당한 어머니와 김의 관계가 다시 김과 리의 관계로 이어지며 김이 한 여성으로서의 정체성을 찾는 이야기로 이루어져 있다.

2

모리슨의 『빌러비드』와 김의 『만 가지 슬픔』은 시대 배경과 등장 인물의 피부색이 다르지만 많은 유사성을 지니고 있다. 세스의 엄마는 딸이 보는 앞에서 교수형에 처해지며 어린 세스는 영문도 모른 채 나뭇가지에 매달린 채 허둥거리는 어머니의 발을 목격한다. 김의 엄마도 백인 사병과의 관계에서 딸을 낳았다는 이유로 가족들로부터 갖은 수모를 받다가 목매달려 죽임을 당한다. 어린 김은 대나무 광주리에 숨어서 마치 "화관무(Hwagwan-mu)"(10)를 추는 듯한 어머니의 버둥거리는 두 발을 볼뿐이었다. 이 두 작품에 나타난 모녀관계는 주인공의 어머니 ─주인공─주인공의 딸의 관계로 이어지며, 아프리카에서의 노예사냥, 노예 시루와 같은 선상에서의 경험, 노예제도의 참혹성, 한국전쟁 이후에 생긴 혼혈아의 문제, 가부장적이며 혼혈아 문제에 대해 폐쇄적인 한국의 상황, 거부된 모성, 침묵을 강요당한 여성들, 어머니들의 목소리 찾기 등을 드러내는 역할을 한다. 이 두 작품의 어머니들은 딸이 자신의 전철을 밟지 않도록 자신을 희생하고 기존의 사회질서를 거스르며 각기 다른 방식으로 딸들을 보호한다.[2] 이 두 작품에 나타난 어머니들,

---

2 할렘르네상스 시기의 흑인여성작가들을 연구한 황혜성은 "인종적인 억압을 경험했

즉 세스와 김은 자신보다 자식들을 더 사랑하는 인물로 세스는 자신이 살해한 딸의 무덤에 묘비에 "Beloved"라는 일곱 개의 알파벳을 새기기 위해 석공에게 몸을 팔기까지 한다(5). 그리고 자신이 죽인 딸이 육화되어 다시 돌아오자 "빌러비드(Beloved)의 눈물 한 방울이라도 되돌리기 위해"(242) 자신의 삶을 송두리째 포기하고, "모든 사람을 지치게 하는 사랑"(243)에 갇혀 "헝겊 인형"(243)과 같은 상태가 되고 만다. 또한 김은 어머니와의 행복했던 시간들을 딸을 통해 재현해내고 딸에게 희망을 주고, 딸이 자신과 같은 삶을 살지 않도록 가학적이고 도착적인 남편에게 받는 수모를 이겨내며, 딸을 위해 남편으로부터 도망을 친다.3 이 두 작품의 어머니들에게 공통점을 발견할 수 있다면 그들은 자신보다 딸들을 더 사랑하고, 그로 인한 자기 발견과 자신의 정체성에 대한 추구를 이루어 내고 있지 못하고 있다는 것이다. 또한 이들은 어머니와 함께 생활한 기간이 짧기 때문에 주로 기억을 통해 어머니의 모습을 떠올리며, 자신이 어머니에게 받지 못한 애정과 사랑을 딸에게 주며 자신을 망각한다. 이 과정에서 어머니들은 여성으로서의 정체성과 희생적인 어머니로서의 정체성 사이에서 방황하게 된다. 이 두 소설은 여성들의 이중적인 역할 중에서 어머니로서 희생적인 삶을 사는 여성들이 자아를 찾아나가는 과정을 보여주고 있다.4

던 엄마가 딸이 자기와 같은 삶을 살기를 원하지 않는 이야기가 강하게 부각된다"(112)라는 말로 인종차별적인 상황에서 모녀 관계가 자주 다루어지는 주제임을 강조한다.

3   이 두 작품에서 세스와 덴버(Denver), 빌러비드, 그리고 김과 리는 모두 마을과 떨어진 곳에 살고 있다. 세스는 124번지에서 고립되어 살고 있으며, 김의 경우 한국에서 그랬듯이 미국에서도 인적이 드문 곳에서 생활한다.

4   『빌러비드』와 『만 가지 슬픔』의 세스와 김에 있어 딸은 정신적으로나 육체적으로 황

세스는 덴버와 함께 124번지에 살면서 생중사의 나날을 보낸다. 세스는 자신이 살해한 빌러비드가 육화되어 124번지에 등장하자 지금까지 억눌러왔던 상흔으로 가득한 과거를 재기억하며 자신의 행위를 딸에게 설명하면서 집착적인 사랑에서 헤어나지 못한다. 빌러비드가 세스를 점점 지배하게 되면서 세스는 일을 하러 가지 않은 채 빌러비드에게 몰입하고 현재의 삶에 충실하지 못하게 된다. 『빌러비드』에서 빌러비드는 "촉매"(Koolish 171)의 역할을 하는 존재로, 빌러비드가 육화되어 온 후부터 세스는 아프리카에서 미국으로 끌려온 자신의 어머니에 대해 생각하게 되고, 입 밖에 낼 수 없었던 자신의 과거를 떠올린다.5 또한 세스는 빌러비드를 살해한 이유를 설명하는 가운데 조금씩 자신의 말을 찾고, 말하는 자신의 모습에 기뻐하며 자신의 과거를 대면하기 시작한다. 세스는 작품의 마지막 장면에서 덴버를 데리러 오는 보드윈(Bodwin)을 보고서, 학교선생이 자신을 잡으러 와서 이를 좌절시키기 위해 딸을 죽인 날을 기억하고, 보드윈을 학교선생 일행으로 착각하여 얼음송곳을 들고 그를 향해 달려든다.

폐해진 어머니들에게 있어 희망이 되고, 그들의 분신이 되며, 자신의 일부 중 더럽혀지지 않은 것이 된다(Morrison 251). 세스는 해로운 주위환경에 의해 더럽혀진 자신에 대해서 "넌 너무나 지독하게 더럽혀서 넌 더 이상 네 자신이 될 수 없어. 넌 너무나 지독하게 더럽혀서 넌 네가 누군지를 잊어버리지. 그래서 네가 누군지에 대해 생각해낼 수도 없지."(251)라고 말한다.

5 세스는 자신이 스위트 홈(Sweet Home)에서 학교선생(Schoolteacher)에게 실험실의 동물 같은 취급을 받던 일을 기억하며 자신이 "둘로 쪼개지는 것"(202)을 경험한다. 세스가 탈출을 감행하기로 결심한 것도 아이들이 이와 같은 신세가 되지 않게 하기 위함이었다. 『만 가지 슬픔』의 김도 자신을 입양한 부모들과 가학적인 남편에게서 동물의 취급을 받는(60). 이와 같은 상황에서 김은 원망과 분노를 밖으로 표출하지 못한 채 자신의 가슴에 한으로 남기며 자신에게 "넌 태어나지 말아야 했어"(152)라고 말하기까지 한다. 김은 남편으로부터 딸을 보호하기 위해 도망치기로 결심한다.

마당으로 보드윈이 들어오고 있는데 그는 세스가 가장 아끼는 아이
들을 데려가기 위해서 오고 있다. 그녀는 새가 퍼덕거리는 소리를 듣
는다. 작은 벌새들이 바늘 같은 부리로 세스의 두건을 뚫고 머리카락
을 쪼아대며 날개를 퍼덕인다. 세스가 생각해낸 것이 있다면 그것은
안돼 라는 것이다. 안 돼 안 돼. 안 돼 안 돼 안 돼. 세스가 그를 향해
덤벼들었다. 세스의 손은 얼음송곳을 쥐고 있지 않았다. 손 자체가
얼음송곳이었다. (262)

자신의 딸을 살해한 일로 인해 헤어날 수 없는 "외상 후 스트레스
장애(Post-Traumatic Stress Disorder)"(Koolish 179)를 겪어온 세스가 공
격해야 하는 정확한 대상을 향해서 달려드는 것이다. 신시내티
(Cincinnati) 공동체의 30명의 마을 여성들이 마치 살풀이를 하듯 기도
와 고함으로 빌러비드를 물리치는 이 장면에서, 세스가 백인을 향해 얼
음 송곳을 들고 달려드는 장면을 보는 빌러비드는 웃고 서있다(262).
이 웃음은 여러 가지로 해석될 수 있으나 모녀관계의 화해, "이
해"(Rodrigues 78)와 원혼의 해원을 나타낸다. 『빌러비드』에서 모리슨은
어머니에게 사랑을 받지 못한 세스와 아프리카에서 노예로 끌려와 농
장에서 고된 노동을 하다가 교수형에 처해지는 세스의 어머니, 그리고
세스와 딸들인 빌러비드와 덴버의 관계를 부각시키며 모녀관계의 상호
이해를 내면독백의 뒤섞임을 통해 보여주고 있다.[6]

---

6 등장인물의 개별 내면독백과 세 명의 내면독백이 뒤섞이는 장면은 200-17페이지에
  걸쳐 진행된다. 처음에는 세스, 덴버, 빌러비드의 개별 내면독백이 순서대로 등장하
  고 그 다음에는 시공간을 초월한 상호이해를 촉발시키는 등장인물의 내면독백이 이
  어진다. 『만 가지 슬픔』에서도 김은 딸의 일기를 작품 속에 이탤릭체로 등장시키고
  있다(184-86, 203-04). 『빌러비드』와 『만 가지 슬픔』에 등장하는 내면독백과 일기는

빌러비드

너는 내 언니야

넌 내 딸이다

당신은 내 얼굴이다. 당신은 나이다.

…

당신은 물 속으로 들어갔지

나는 너의 피를 먹었지

나는 너에게 먹일 젖을 가지고 왔지 (216)

모리슨은 노예제도 하에서 노동력과 대를 이어 노동력을 제공하는 노예를 양산하는 기계와 같은 처지로 전락된 아프리카계 미국 여성의 피보다 진한 모성을 다루면서 인간의 기본적인 권리라 할 수 있는 모성을 파괴하는 노예제도와 인종차별의 끝없는 해악을 고발하고 있다. 또한 모리슨은 빌러비드의 귀환을 매개로 세스의 상흔을 들추어내고, 세스에게 그 상흔을 기억해서 말하게 함으로써 어머니─등장인물─딸의 관계와, 재기억과 말하기를 통한 치유과정, 그리고 한 여성이 정체성을 찾는 과정을 추적하고 있다.

『빌러비드』에서는 과거의 딸인 빌러비드와 미래와 "희망"(Rushdy 571)의 딸이라 할 수 있는 덴버가 등장한다. 이 소설에서 빌러비드가 세스의 상흔과 노예제도의 한이 축적된 복합적인 존재7인 반면, 덴버는

어머니-딸의 서술의 한 유형을 보여줄 뿐 아니라 모녀관계에서의 상호이해와 화해를 이끌어 내는 촉매와 같은 역할을 하고 있다. 덴버의 내면독백의 경우 엄마가 자신도 언니처럼 죽일지 모른다는 공포를 드러내고, 리의 편지는 자신을 위해 헌신적이었던 어머니가 자살을 생각하고 몽유병에 걸려서 한 밤중에 걸어 다니는 것을 보며 자신이 "어머니가 살 수 있는 연결고리"(203)가 되기로 결심한 딸의 의지를 드러낸다.

자아를 망각하고 자포자기한 어머니에게 실질적인 도움을 주는 인물이 된다. 덴버는 언니를 살해한 엄마가 자신도 죽일 수 있다는 공포 속에서 124번지에 고립되어 생활한다. 하지만 빌러비드가 점점 더 세스를 구속하자 자신이 나서서 신시내티 공동체에 도움을 청해야겠다고 생각하며, 생전에 할머니 베이비 석스(Baby Suggs)가 말한 것[8]을 기억해내고 공동체로 걸어나가 도움을 청한다. 다음 세대의 가능성을 상징하는 덴버는 빌러비드의 살해로 인해 끊어진 공동체와 124번지의 유대를 다시 결합시키는 역할을 하고 있다.

3

김의 『만 가지 슬픔』은 "회고록"(memoir)의 형식으로 쓰인 작품으로, 한국전에 참전한 미군 사병과 한국여성 사이에 혼혈아로 태어난 작가가 엄마의 살해 현장을 목격하고, 선교사들이 운영하는 고아원에 있

---

7 빌러비드에 대해 커터(Cutter)는 "트릭스터"(397)로, 김애주는 "세스의 죽은 딸의 환생일 뿐만 아니라 몇 세대에 걸친 다성적 목소리가 집합되어 있는 존재"(168)로, 도일(Doyle)은 "육화되어 귀환한 역사"(206)로, 고딘(Gourdine)은 "필요악"(21)이라고 평하고 있다.

8 『빌러비드』의 경우 모녀 관계는 세스와 그녀의 시어머니인 베이비 석스의 관계를 포함하는 것이다. 노예의 몸으로 "여섯 명의 남편이 있었고 여덟 명의 배다른 아이들을 낳은"(23) 베이비 석스는 살아생전에 덴버에게 "그런 것을 알고 마당 밖으로 나가, 나가"(244)라고 말을 한다. 베이비 석스는 공터(Clearing)에서 예배의식을 주관한 흑인 여성으로 자신의 가치를 망각한 흑인들에게 "눈," "등가죽," "손," "입," "등," "목," "내장," "간"과 "심장"(88)을 사랑할 것을 주창한다. 베이비 석스는 딸을 죽인 "톱을 들고 아이의 안전에 대해 이야기를 하는"(164) 며느리가 저지른 유아살해 사건의 충격으로 여러 색깔을 골똘히 생각하다가 세상을 떠난다.

다가 미국으로 입양되어 결혼하고, 아이를 낳고 남편과 이혼한 후 딸과 사는 내용의 자서전적인 요소가 강한 작품이다. 이 작품은 세계 여러 나라말로 번역되어 폭 넓은 독자층을 가지고 있지만, 미국에서는 작품의 진실성을 캐묻는 의견들이 제기되고, 이 작품이 1950년대의 한국을 정확하게 묘사하지 않고 있다는 비난을 받기도 했다. 특히 미국에서 한국학을 전공한 학자들과 미국으로 입양된 사람들 가운데 일부는 이 책이 한국을 시대에 뒤떨어지게 묘사하고, 여성 차별적인 나라로 묘사했다고 평가하고, "명예를 지키기 위한 살인"(honor killing)("Prologue")이라는 표현의 부적절성에 대해 비판한 바 있다.[9]

　지금까지 나온 여러 서평을 살펴보면 글을 쓴 대부분의 사람들이 역사가들처럼 혹은 현미경을 가지고 실험을 하는 과학자들처럼 소설 속의 음식과 옷, 주거문화, 용어에 대해서 그런 표현들의 객관성과 당위성에만 매달려 정작 중요한 소설의 주제는 심도 있게 다루고 있지 않다는 사실을 발견할 수 있다. 『만 가지 슬픔』은 대부분의 한국계 미국소설

9　이탈리(Italie)는 이 책에 대해 "몇 개의 오류와 틀린 표현"이 있다고 말했다. 또한 마거릿 주해 이(Margaret Juhae Lee)는 브라이언 마이어스(Brian Myers)가 2000년 12월 『코리아 헤럴드』(*Korea Herald*)에 투고한 "'회고록'이 한국문화를 손상시킨다"("'Memoir' defames Korean culture")라는 기사를 서평에 소개하고 있으며(32), 오세웅(Seiwoong Oh)은 "'명예를 위한 살인'이 여전히 흔하게 묘사된 점"(195)을 지적한다. 위에서 언급한 비평가들은 이 작품의 몇 가지 잘못된 표현을 지적하면서도 이 작품을 통한 통문화적 이해와 사회비판 등을 이야기하고 있다. 또한 찰스 윤(Charse Yun)은 「사실인가? 허구인가?: 엘리자베스 김의 『만 가지 슬픔』을 둘러싼 논쟁」("Fact or Fiction?: Controversy surrounds Elizabeth Kim's *Ten Thousand Sorrow*")에서 미국에 있는 한국학 학자들의 말을 인용하며 이 소설에서 정확하게 묘사되지 않은 점을 열거하고 있다. 마이어는 『코리암 저널』(*KoreAm Journal*)에서도 『만 가지 슬픔』에 소개되는 언어와 음식, 살인, 살인이 행해진 날짜, 온돌에 대한 문제, 종교, 예절에 대한 의심스러운 부분을 지적하고 있다(13).

과는 소재와 주제에 있어서 다르다. 먼저 김의 『만 가지 슬픔』은 미국으로 입양된 사람의 이야기를 다룬다는 점에서 차이가 난다. 또한 그동안 아시아계 미국문학이나 한국계 미국문학에서 활발하게 연구되지 않은 혼혈아의 입양 이후의 생활을 다루고 있는 이 작품은 "혼혈이자 여성이며, 이름도 출생일도 없이"(Kim 31), "사중의 짐"(Frase)을 안고 살아가며 "과거의 상흔에 대해 말할 기회를 가지지 못한 채"(Rompalske), "인종적 편견과 종교적 억압, 그리고 성적으로 불공평한"(Oh 195) 대우를 받는 혼혈 여성의 삶을 조명하고 있는 것이 그 특징이다.

김은 이 작품에서 "지나치게 독실한 기독교 신자"(Lee 32)인 부모와 함께 가정부와 같은 삶을 살고, 결혼해서도 폭력적이고 가학적인 남편에게서 여러 가지 수모를 받게 된다. 그녀가 남편으로부터 도망칠 것을 결심한 것은 자신의 딸이 가학적인 남편이 휘두르는 폭력을 목격하게 되는 것을 막기 위한 것이다.[10] 김은 『만 가지 슬픔』에서 자신을 입양한 앵글로색슨 백인 신교도(White Anglo-Saxon Protestant)인 부모의 근엄하고 고결한 가면 뒤에 숨겨진 가학적이고 도착적인 생활습관과 인간관계를 비판하고 동시에 혼혈아로서 자신이 겪은 인종차별을 설명하고 있다.

『만 가지 슬픔』에 대해 작품의 소재와 시기, 음식, 한국인의 생활

---

[10] 김이 리를 안고 탈주하는 장면과 김의 어머니가 딸을 대나무 광주리에 숨겨둔 채 대들보에 목매달려 죽는 장면, 세스가 교수형에 처해진 엄마의 시신을 보는 장면, 세스가 빌러비드를 살해하는 장면, 그리고 세스가 보드윈을 향해서 비상하는 장면은 비슷하거나 반복적으로 일어나는 사건에 대한 모성의 방해와 개입을 나타낸다. 또한 이는 자신이 겪은 비극을 대물림하지 않겠다는 어머니들의 적극적인 의지를 보여준다.

습관에 대한 표현을 주로 다룬 글들은 이 작품이 비판하고 문제시하는 여러 가지 미국의 문제점을 간과하고 있다. 고아 수출국이라는 오명을 안고 있는 한국의 경우 세계 여러 나라로 해외 입양을 지속적으로 보냈다. 앞으로도 엘리자베스 김의 『만 가지 슬픔』과 같은 작품은 여러 나라말로 계속적으로 발표될 것이다.[11] 이 작품은 한편으로는 한국인의 순수혈통에 대한 집착, 체면 중시, 여성차별, 혼혈아에 대한 부정적인 인식, 가부장적 체제, 입양에 대한 부정적인 시각 등에 대한 비판을 엿보게 하는 작품이며, 미국에서의 인종차별, 혼혈아에 대한 차별, 종교에 대한 가식적인 태도, 백인의 순수혈통에 대한 집착 등과 미국인이 한국과 한국인을 보는 시각을 문제시하고 있는 작품이기도 하다.

김은 『만 가지 슬픔』에서 돈도 벌고 가문의 수치스런 존재를 그들의 눈앞에서 사라지게 하기 위해 자신을 다른 집의 식모로 팔려 했던 외할아버지와 외삼촌의 계획에 대해 이야기하면서 6·25전쟁 후에 혼혈아의 지위가 어떠했는지에 대해서 다음과 같이 말하고 있다.

> 혈통과 체면이 아주 중요한 아시아 문화권에서 역사적으로 혼혈아들에 대한 편견이 늘 있었다. 뿌리 깊은 국가에 대한 자부심이 있다. 한국의 경우, 자국의 유산과 전통에 대한 강한 집착으로, 순수한 유산에 먹칠하는 것을 멸시하게 만드는 부정적인 면이 있다. (20)

---

11 해외에 입양된 한국인들의 에세이로는 『소리 없는 나무에서 떨어진 씨앗들』(*Seeds from a Silent Tree*, Oh 195)과 『조용한 아침의 나라를 떠나와서: 한국인 입양인들의 회고록』(*After the Morning Calm: Reflections of Korean Adoptees*)을 참고.

엄마는 가족들이 "가문의 수치"(8)로 여기는 딸을 대나무 광주리에 숨기고, 딸이 남의 집에 팔려 가는 것을 막으려고 김이 도망쳤다고 "죽음을 목전에 두고 거짓말"(10)을 한다. 그 말이 끝나고 얼마 되지 않아서 김의 외할아버지와 외삼촌은 김의 어머니를 목매달아 죽인다(10-11). 여러 비평가들은 이 장면과 "명예를 지키기 위한 살인"에 대해서 한국의 역사에는 그런 일이 없다는 점을 들어, 이 소설의 핵심적인 사건이 되고 있는 이 장면의 진실성에 질문을 던진다.[12]

김은 엄마와 함께 보낸 과거를 떠올리며 혼혈아로 살아간다는 것이 어떠했는지에 대해 이야기하며 아이들이 돌팔매질을 할 때도 머리를 꼿꼿이 들고 걸어가던 어머니에 대해 이야기한다. 사람들은 김을 "혼혈"(honhyol)이라고 놀리는데 김은 혼혈아가 그 당시에는 "동물"(18)로 치부되었다고 회고하고 있다. 김은 마치 "두 명의 나병환자"(20) 같은 취급을 받으며 생활하던 과거를 이야기하며 순수혈통을 고집하고 이종 간의 결합으로 생긴 자손들을 무시하는 한국 사람들의 태도를 비판하면서 이를 미국에서의 인종차별로 연결시키고 있다. 김은 미국인 부부에 의해서 입양되는데, 그 집안의 할머니는 아리아(aryan) 인종을 제외한 모든 유색인종을 자신의 하인으로 여긴다(98). 김은 짧았던 엄마와의 추억을 간직한 채 미국으로 입양되어 자신을 입양한 부모로부터도 "동물"(animal)로 취급받고[13] 엄격하고 금욕적인 기독교적 생활을

---

12 『만 가지 슬픔』을 출판한 더블데이(Doubleday) 출판사는 학자들과 독자들의 "명예를 지키기 위한 살인"이라는 표현에 대한 문제 제기에 대해 앞으로 출판된 염가본의 경우 이 단어를 삭제하겠다고 약속한바 있다(Italie의 글 참고). 한편 이탈리는 미시간 주의 대학에서 『만 가지 슬픔』을 대학생들의 교재 목록에서 삭제한 교수와 이 책을 둘러싼 논쟁을 알면서도 이 책을 교재로 쓰는 교수의 의견을 나란히 제시하고 있다. (www.asianweek.com의 2000년 11월 3-9일 참고)

강요당한다. 김이 열 살 때쯤에 자신의 몸에 대해 생각하고 성에 대해 호기심을 느낄 때 김이 몸을 만지는 것을 목격한 어머니와 할머니는 김의 행위를 불결하고 신성모독적인 행위로 여긴다. 그들은 김을 욕실로 데리고 가서 김이 잠깐 동안 느낀 흥분에 대한 벌로 김의 특정신체부위를 뜨거운 물로 퍼붓는 행동을 한다. 이 일을 겪은 김은 자신의 몸에 대해 혼란스러운 감정을 느낀다(103-04). 또한 모든 일에 개신교의 교리를 적용시키는 엄격한 청교도인의 후손 같은 부모와의 생활에서 김은 자신의 몸과 자신의 가치를 잊고 살며, 보이지 않고 가치 없는 존재가 된다. 김을 구속하는 환경은 김에게 여성으로서의 정체성을 지키기보다는 자신의 딸을 그러한 환경으로부터 보호하는 데 더욱 신경을 쓰도록 강요한다.[14]

김은 가학적인 남편과의 결혼생활에서 죽음을 생각하며 오로지 딸에게 희망을 걸며 비참한 삶을 산다. 김에게 유일한 위안은 친어머니

---

13 『빌러비드』에 등장하는 스위트 홈에서 세스는 학교선생으로부터 실험실의 동물처럼 취급된 자신의 경험을 이야기한다. 학교선생은 "그 여자의 인간적인 특성은 왼쪽에, 동물적인 특성은 오른쪽에 써넣어라"(193)라고 말한다. 세스는 학교선생이 자신을 "마치 소나 되는 것처럼, 아니 염소인 것처럼"(200) 취급하자 자신이 "두 개로 쪼개지는 것"(200)을 경험하며, 자해의 수단으로 자신의 "혀를 약간 물어뜯었다"(202). 『만 가지 슬픔』과 『빌러비드』에서 여성들이 동물의 취급을 받는 것은 여성들의 침묵을 강요하는 행위이다.

14 매리앤 허쉬(Marianne Hirsch)는 「모성과 재기억: 토니 모리슨의 『빌러비드』」("Maternity and Rememory: Toni Morrison's *Beloved*")에서 세스가 작품의 결말부분에서 "자아보다 모성을 더 중요하게 여기는 것에 의문을 제기한다"(99)고 말하며, 세스가 자아를 확립하기 전까지는 한 명의 주체적인 여성이기 이전에 어머니의 역할에 집착했다고 말하고 있다. 문학 및 대중매체 속에 재현된 모성에 대한 연구는 도나 배신(Donna Bassin), 마거릿 허니(Magaret Honey), 머릴 머러 캐플런(Meryle Mahrer Kaplan)이 공동으로 편집한 『모성의 재현』(*Representation of Motherhood*)을 참고.

를 회상하는 것과 나중에 태어난 딸에게 새로운 삶을 살게 해주려는 소망이다. 특히 『만 가지 슬픔』에서는 모녀가 함께 이야기를 만들어내며 비참한 현실의 고통을 삭이고 승화시키는 장면이 여러 번 김의 회상과 김과 리의 가난한 생활상에서 묘사된다.[15]

하지만 김은 『빌러비드』의 세스처럼 자신의 삶을 찾고 정체성을 자리매김 하기보다는 딸에게 더 많은 신경을 쓰게 된다. 김은 리가 어느 정도 나이를 먹게 되자 몽유병으로 시달리게 되고 더 많은 방황을 하면서 자살에 집착하게 된다. 이는 그동안 자신을 돌보지 않았던 주인공이 딸을 위한 인생을 살다가 그 딸이 더 이상 자신의 도움이 필요하지 않을 만큼 자라게 되자 초라한 자신의 모습을 직시하고 아무것도 남아있지 않은 자신의 모습을 보게 되는 시점이다. 리는 오로지 딸을 위한 삶을 사는 데 급급한 어머니가 정체성의 위기를 맞는 것에 대해서 다음과 같이 말한다.

---

15 『만 가지 슬픔』에서 문학작품들은 비참한 현실의 상황을 견뎌낼 수 있는 자양분의 역할을 한다. 한국에서 어머니로부터 한국 민담을 포함한 이야기들을 듣고, 새로운 이야기를 만들어내던 것을 기억한 김은 딸이 어릴 때부터 가난한 상황을 견딜 수 있는 여러 문학작품을 읽어준다. 여성으로서 정체성을 찾는 과정에서 김이 읽은 여러 문학작품들은 자신보다 더 비참한 삶을 살았던 여러 문학가들과 정신적인 교감을 가능하게 하고 비참한 현실을 견뎌낼 수 있는 희망적인 힘을 제공한다. 김의 『만 가지 슬픔』에 등장하는 문학가들과 문학작품은 오스틴(Austen), 디킨즈(Dickens) (85), 던(Donne), 에이미 로웰(Amy Lowell)(150), 코울리지(Coleridge), C. S. 루이스(C. S. Lewis), 로알드 달(Roald Dahl)(172), 미켈란젤로의 시, 셰익스피어의 소네트, 「운명과 사람들의 시선에서 실의를 느낄 때」("When, in disgrace with Fortune and men's eyes"), 에드나 세인트 빈센트 밀레이(Edna St. Vincent Millay)의 시, 「국가들의 노래」 ("Song of the Nations")(201), 윌리엄 모리스(William Morris)의 시(213) 등이다. 한편 김은 2000년 6월 12일 CNN 방송국과의 인터뷰에서도 자신이 어린 시절부터 어른이 될 때까지 희망을 저버리지 않고 생존할 수 있었던 것은 문학 작품의 영향이 컸다고 말한바 있다(2000년 6월 12일 CNN 방송 대본참조).

나는 엄마의 축소판이자 그림자 같았으며, 엄마가 어릴 때 느꼈던 고통을 무마할 수 있는 살아있는 기회와 같은 존재였다. 이제와 생각해 보니, 엄마는 평생 동안 자신을 따라다닌 어렴풋한 공포들과 억울한 일을 되돌릴 수 있는 기회로 나를 여긴 것 같다. … 나를 돌보느라 엄마는 자신을 잊어버렸다. 엄마가 깨어있는 매 순간을 나에게 바칠 필요가 없게 되자, 엄마의 생각들과 상처가 드러나기 시작했고 그것들이 엄마의 매 순간을 괴롭혔다. (184-86)

그동안 억눌러졌던 김의 상흔은 자신의 딸이 더 이상 어머니의 적극적인 보호가 필요하지 않을 만큼 자랐다고 생각했을 때부터 분출한다. 김은 몽유병으로 고생하며, 어떤 때는 마룻바닥에 어린아이의 웅크린 자세로 누워있기도 하며 딸이 자신을 침대로 데리고 오는 도중 영어와 한글을 섞으면서 말을 한다(179-80). 이는 자신에게 깊은 상흔을 심어준 사건이 벌어진 시기로 정신적인 퇴화를 하는 김의 정신 상태를 보여준다. 『빌러비드』에서 세스는 빌러비드의 출현 시점부터 말하지 못한 상흔 투성이의 자신의 삶을 조금씩 말하며, 비슷한 비극적인 상황이 연출되는 소설의 마지막 장면에서는 자신의 딸을 죽이기보다는 자신의 딸을 잡아가려고 왔다고 생각되는 사람을 향해 덤벼든다. 『만 가지 슬픔』에서 김의 몽유병과 정신 분열적인 행동들은 사회 환경에 의해서 강제로 정지된 의식으로 돌아와 자라다 만 자신의 자아를 발견하게 되는 무의식적인 행동이다. 하지만 이 같은 김의 방황은 김이 점차적인 치유와 자아확립을 담보로 하는 치유과정에 들어서고 있음을 나타낸다.

명상을 하고, "경찰 동행 취재기자(cop reporter)"(190)라는 새로운 직업을 가지며 다른 사람들의 불행을 목격하면서 자신의 삶을 살기 시작한 김은 소설의 마지막에서 태어나서 처음으로 자신의 내면을 들여다보기 시작했다고 말하며, 앞으로의 가능성에 기쁨과 경외감을 느낀다고 말한다(209).[16] 또한 김은 자신의 어머니에게 쓰는 편지를 통해서 자신의 변화된 심정을 다음과 같이 말하고 있다.

> 엄마에게
> 내 삶에서 일어나고 있는 변화들을 엄마와 함께 나누고 싶어요 …
> 엄마의 소망을 이루게 해주고 싶어요 … 엄마가 더 이상 이곳에서
> 소망을 이룰 수 없으니, 제가 그 일을 떠맡겠어요. 엄마를 기리며 그
> 렇게 하겠어요. … 엄마가 포기 할 수밖에 없었던 그 상태에서 시작
> 하겠어요. 그러면 그렇게 우리는 늘 만날 수 있겠지요. 우리는 정말
> 로 하나가 될 거예요. (211)

김은 위에서 인용한 장면에서 자신이 온전하게 사는 것이 어머니의 꿈을 이루는 것이라고 말하며 자신의 딸을 앞으로도 보살피면서 그와 더불어 자신의 삶을 살겠다고 어머니에게 약속한다. 『빌러비드』에서 신시내티 공동체의 마을 여성들이 살풀이와 같은 의식을 거행하고, 세스가 보드윈을 향해 덤벼든 이후, 빌러비드는 강가의 발자국만 남기고 사라져버린다. 그 후 폴 디(Paul D.)는 세스에게 미래에 대해서 이야기를 하며, "당신에게 가장 소중한 것은 당신이야. 세스. 당신이라고"

---

16 모리슨의 『빌러비드』와 김의 『만 가지 슬픔』에서 세스와 김은 혀를 잘린 필로멜라 (Philomela)처럼 작품 속에서 자신의 목소리를 조금씩 회복하고 있다. 세스의 경우 빌러비드가 124번지에 와서 여러 질문을 하는 상황에서 빌러비드의 질문에 대답을 하기 시작하면서 자신의 과거를 떠올린다. 김의 경우도 침묵을 강요하는 주위환경 속에서 사실상 "말을 하는 직업"(169)을 가지면서 경제적인 문제를 해결하고 있다.

라고 말하자 세스는 "나라고요? 나라고요?"(273)라고 말한다. 이 장면에서 모리슨은 세스가 잃어버린 자아를 찾고 있는 장면을 상징적으로 보여주고 있다.

김은 『만 가지 슬픔』에서 가혹한 환경 하에서 자신보다 딸을 위해 살았던 어머니가 좌절하면서도 자신의 가치를 발견하는 모습을 통해 여성으로서의 정체성과 어머니로서의 정체성, 이 두 가지 정체성의 조화에 질문을 던진다. 또한 『빌러비드』에서 덴버와 빌러비드의 내면독백이 그러했듯이 『만 가지 슬픔』에 등장하는 리의 일기는 딸과 어머니의 관계에서 마치 흑인 교회의 예배양식인 "부름과 응답"(call & response)처럼 어머니와 딸의 상호이해를 촉진시키며 각각의 등장인물들이 모르는 정보를 공유하게 한다. 리는 자신을 보호해준 어머니가 몽유병을 앓고 삶에 대한 의욕을 상실하자 "어머니가 자아발견과 자아실현을 향해 걸어갈 때 의지할 수 있는 존재의 역할"(184)을 하며, 어머니에게 받은 사랑을 되돌려 주며, 자신을 위해 희생한 어머니가 다시 자신의 정체성을 찾게 하는 데 중요한 역할을 하고 있다.

4

모리슨은 『빌러비드』에서 어머니와 딸의 관계를 세스와 빌러비드, 덴버, 그리고 세스의 어머니를 통해 보여주고 있다. 세스는 빌러비드의 출현으로 그동안 잊고 있었던 자신의 어머니를 기억해내고 자신이 빌러비드를 죽인 행위와, 그런 일을 배태시킨 주변 환경을 재기억함으로

써 말하는 능력을 복원하고 자신의 행위를 설명함으로써 말을 통해 스스로 치유시킨다. 한편 김의『만 가지 슬픔』은 어머니－김－딸의 관계를 통해 자신의 어머니가 자신을 위해 보여준 헌신을 딸을 위해 재현하고 어머니와 딸을 잇는 존재로서 자신의 모습을 발견하고 화해하는 과정에서 자신의 상흔을 치유하고 살아갈 이유와 자신의 가치를 재발견하는 한 여성을 조명한다. 이 작품에서 김은 딸의 출생이 죽임을 당한 어머니의 대리인으로 온 것으로 여기며, 어머니에 대해 가졌던 한을 딸을 통해 풀고자 한다. 이 두 작품에 나타난 모녀 관계에서 세스와 김은 과거와 미래를 잇는 역할을 하고 있다. 또한 이 두 작품은 노예제도 시기와 6·25전쟁 후 한국과 인종차별적인 미국에서 인종적, 성적인 억압 속에서 어머니와 딸의 관계를 발전시키고 자신의 방식으로 저항한 어머니들의 이야기를 다루며 어머니이자 여성으로서 정체성 추구의 여정을 그리고 있으며, 억압적인 상황에서 여성들의 모성이 어떤 형태로 드러나는지를 보여주며 어머니이자 여성으로써의 정체성 추구와 상흔의 치유를 다루고 있다.

　　『빌러비드』와『만 가지 슬픔』은 여성이자 어머니인 등장인물들이 어머니의 역할에 충실하면서 자신의 가치와 정체성 발견을 이루지 못하는 여성들을 보여주면서, 그들이 어떻게 자신의 삶과 가치에서 기쁨을 발견하는지를 보여줄 뿐만 아니라 그와 같은 정체성 찾기에서 방해를 하기도 하고 도움을 주기도 하는 딸의 역할도 보여주고 있다.

| 참고문헌 |

구은숙. 「여성의 정체성 추구와 모성: 앨리스 워커의『메리디안』과 맥신 홍 킹스턴의『여인무사』를 중심으로」. 『영어영문학연구』 40.2 (1998): 7-27.

_____. 「상실된 어머니의 회복: 조이 코가와의 오바산에 나타난 기억, 역사, 정체성」. 『캐나다논총』, 1996년 5월. 44-55.

김애주. 「토니 모리슨의『비러비드』: 환상 문학으로 본 비러비드의 정체성」. 『외국문학』 52 (1997): 164-78.

우은주. ""The Beginning is Hers, The Ending, Mine": Chinese American Mother/Daughter Conflict and Reconciliation in Maxine Hong Kingston's *The Woman Warrior*." 『현대영미소설』 9.1 (2002): 297-314.

이기한. 「해외에서 활동하는 문화예술인 2 / 한국계 미국문학」. 『문화예술』, 2000년 10월호. 93-97.

_____. "Feminine Bonding and Ethnic Bonding in Recent Asian American Literature." 『현대영미소설』 7.2 (2000): 333-49.

임진희. 「혼혈 입양 내러티브로서의『만 가지 슬픔』」. 『현대영미소설』 18.1 (2011): 93-121.

장정희. 「흑인 여성 글쓰기의 전략과 흑인 여성 정체성: 토니 모리슨의『빌러 비드』를 중심으로」. 『인문사회과학논문집』 26.1 (1997): 61-75.

정은숙. 「엘리자베스 김의『만 가지 슬픔』에 나타난 혼혈입양인의 국가적·인종 적 비체화」. 『영어영문학』 59.1 (2013): 123-48.

조규익. 「제1세대 재미 한인작가들의 소설(II)」. 『숭실어문』 15.1 (1999): 131-83.

황혜성. 「가려진 목소리: 할렘르네상스의 흑인여성작가들」. 『미국사연구』 11 (2000): 93-120.

Bassin, Donna & Margaret Honey, Meryle Mahrer Kaplan Eds. *Representation of Motherhood*. New Haven: Yale UP, 1994.

Cutter, Martha J. "The Story Must Go On and On: The Fantastic, Narration, and Intertexuality in Toni Morrison's *Beloved* and *Jazz*." *African American Review* 34.1 (2000).

Frase, Brigitte. Rev. of *Ten Thousand Sorrows: The Extraordinary Journey of a Korea War Orphan. Salon* (May 17, 2000). <www.salon.com>

Gourdine, Angeletta K. M. "Hearing Reading and Being Read by Beloved." *NWSA Journal* 10.2 (1998): 13-31.

Hirsch, Marianne. "Maternity and Rememory: Toni Morrison's *Beloved. Representations of Motherhood*." Eds. Bassin, Donna and Margaret Honey and Meryle Mahrer Kaplan. New Haven: Yale UP, 1994. 92-110.

Italie, Hillel. "Fact or Fiction of a Memoir." Asianweek Nov., 3-9 (2000). <www.asianweek.com>

Kim, Elizabeth. *Ten Thousand Sorrows: The Extraordinary Journey of a Korean War Orphan*. New York: Doubleday, 2000.

Kim, Yong Ik. *Blue in the Seed and Other Stories*. Seoul: Si-sa-yong-o-sa, 1990.

Koolish, Lynda. ""To be Loved and Cry Shame": A Psychological Reading of Toni Morrison's *Beloved*." *MELUS* 26.4 (2001): 169-95.

Lee, Margaret Juhae. "Korea's Fallout." Rev. of *Ten Thousand Sorrows: The Extraordinary Journey of a Korean War Orphan. Nation*. 271.21 (2000): 32-34.

Morrison, Toni. *Beloved*. London: Picador, 1987.

Myers, Brian. "Mistaken Memories?". *KoreAm Journal* (November 2000). 13.

Oh, Seiwoong. Rev. of *Ten Thousand Sorrows: The Extraordinary Journey of a Korean War Orphan. Western American Literature* 36.1 (2001): 194-95.

Rodrigues, Eusebio L. "The Telling of Beloved." *Understanding Toni Morrison's Beloved and Sula: Selected Essays and Criticism of the Works by the Nobel*

Prize-winning Author. Eds. Solomon O. Iyasere & Marla W. Iyasere. New York: Whitston, 2000. 61-82.

Rompalske, Dorothy. Rev. of Rev. of *Ten Thousand Sorrows: The Extraordinary Journey of a Korean War Orphan. Biography Magazine.* 4.7 (July 2000). 40.

Rushdy, Ashraf H. A. "Daughters Signifying History." *American Literature* 64 (September 1992)

Wilkinson, Sook and Nancy Fox, Eds. *After the Morning Calm: Reflections of Korean Adoptees.* Detroit: Sunrise Ventures, 2002.

Yun, Charse. "Fact or Fiction?: Controversy Surrounds Elizabeth Kim's *Ten Thousand Sorrow." KoreAm Journal* (November 2000): 12-13.

"An Interview with Elizabeth Kim". <www.parentsoup.com>

"Interview: Author Elizabeth Kim on being a Koran War Orphan." CNN transcripts (June 12, 2000). <www.cnn.com>

---

* 이 글은 「토니 모리슨의 『빌러비드』와 엘리자베스 김의 『만 가지 슬픔』에 나타난 상호텍스트성 연구」(『현대영미소설』 10권 2호, 2003, 177-95)를 수정, 보완한 것임.

IV

아프리카계 미국소설에 나타난 억눌린 이산종교의 회귀:
찰스 체스넛, 조라 닐 허스턴, 토니 모리슨, 이슈마엘 리드,
글로리아 네일러의 작품을 중심으로

베냉 지역에서 사용되는 퐁 족의 언어 중 '보둔(vodun)'은 언제라도 인간사회에 개입할 수 있는 보이지 않는 무섭고 신비한 힘을 의미한 다. 신세계로 끌려온 수백만 명의 흑인 노예들은 다양한 형태와 갖가 지 이름을 가진 아프리카의 신앙과 의식을 아메리카 대륙으로 가지 고 왔다. 브라질의 '칸돔블레', 쿠바의 '산테리아', 자메이카의 '오베아 이슴', 트리니다드의 '샹고 의식', 아이티의 '보두'가 그것이다.

(위르봉 13)

『흑인의 마술: 종교와 아프리카계 미국인의 주술 전통』(*Black Magic: Religion and the African American Conjuring Tradition*)에서 이본 치리우(Yvonne

P. Chireau)는 아프리카계 미국인의 이산종교(diasporian religions)[1]는 그
들의 삶에 다양한 역할을 한다고 강조하며 "마법이 노예들의 저항 수
단"이 되었고 "초자연적인 힘은 약자의 무기가 되었다고" 말한다(154).
아프리카계 미국 소설가 중 찰스 체스넛(Charles Chesnutt), 조라 닐 허
스턴(Zora Neale Hurston), 이슈마엘 리드(Ishmael Reed), 글로리아 네일
러(Gloria Naylor), 토니 모리슨(Toni Morrison), 그리고 존 에드가 와이
드맨(John Edgar Wideman)은 아프리카에서 파생한 종교가 신세계의
백인종교와 섞이면서 변화한 부두교(voodoo), 후두교(Hoodoo), 칸돔블
레(Candomble)와 관련된 작품을 써왔다.

　이들 작가가 이런 종교들을 작품 속에 끌어들이는 이유는 다양하
다. 억눌린 이산종교에 대한 다양한 해석은 마가라이트 페르난데즈 올
모스와 리자베스 패러비시니-기버트(Margarite Fernandez Olmos &
Lizabeth Paravisini-Gebert)가 공동 편집한 『신성한 신들림: 보두, 산테
리아, 오베아, 그리고 카리브 해』(*Sacred Possessions: Vodou, Santeria, Obeah,
and the Caribbean*)에 소개되어 있으며, 영국 소설의 경우 진 리스(Jean
Rhys)의 『드넓은 사가소 바다』(*Wide Sargasso Sea*)에서 오베아(Obeah)로
등장한다. 올모스와 패러비시니-기버트의 책 가운데 일레인 세이버리
(Elaine Savory)가 쓴 「"인간이라는 또 다른 가련한 악마…": 진 리스와
오베아로서의 소설」("Another Poor Devil of a Human Being …": Jean
Rhys and the Novel as Obeah")(216-30)은 소설에 등장하는 오베아를

1　미국의 이산종교는 부두교(Voodoo), 후두교(Hoodoo), 칸돔블레(Cantomble) 등이 있으
며, 이들 종교는 아프리카의 원시 종교 형태를 토대로 기독교의 교리, 성인, 종교 의식
등을 혼합하여 겉으로는 백인의 종교를 표방하면서도 실질적인 종교생활에서는 자신
들이 보존하고자 하는 문화적 속성과 조상 존경 등을 그대로 간직하고 있다.

중심으로 연구한 논문이다.

이런 이산종교는 백인제국주의자들의 다양한 이해관계에 의해 오 랫동안 차별과 오해를 받았고 가치 없는 미신으로 평가절하, 왜곡당해 왔으며 문화상품으로 과대포장 되었다.[2] 그래서 과거 한 때 이런 종교 들은 지구상에서 사라질 운명을 맞기도 하였다. 하지만 일군의 아프리 카계 미국작가들은 계속해서 그들의 억눌린 종교와 문화를 작품 속에 서 재기입하며 이를 문학작품의 중요한 주제로 다루고 있다. 이 장에서 는 아프리카계 미국 작가들의 작품 속에 반복적으로 나타난 이산종교 들의 역할을 살펴보고 그들이 작품 속에서 이런 종교의식을 재기입하 는 다양한 이유에 대해 살펴보기로 한다.

체스넛의『여자 마법사』(The Conjure Woman, 1899)를 읽는 독자들은 이 작품에 등장하는 마법과 등장인물들의 변신에 대해 혼란을 느끼게 된다. 마법과 관련된 이야기들은 독자들의 상상력을 고무시키지만 독 자들은 왜 체스넛이 이런 종류의 소재를 소개하는가에 대해서 궁금증 을 느끼며 이 소설에 등장하는 내용을 어디까지 믿어야 하는지에 대해

---

2 이 같은 예는 미국의 아이티(Haiti) 점령시기를 전후로 하여 나타난 문학작품, 광고, 영화, 포스터 등에 부두교의 의식과 좀비(zombie)에 대한 과장된 묘사에서 볼 수 있 다. 메리 A. 렌다(Mary A. Renda)는『아이티 차지하기: 1915-1940년의 미국제국주의 의 군사점령 및 문화』(Taking Haiti: Military Occupation & Culture of U. S. Imperialism 1915-1940)에서 아이티는 "미국인의 두려움과 욕망의 투사물이며 팔아먹기에 적합 한 상품으로"(228) 전락했다고 강조하며 그런 맥락에서 유진 오닐(Eugene O'Neill)의 『황제 존스』(The Emperor Jones)를 분석하고 있다. 아이티에서는 부두교가 미신으로 여겨져 "되풀이 된 미신타파운동 기간(1864, 1896, 1912, 1925-1930, 1940-1941)" 동 안 끊임없는 탄압을 받았는데 제국주의자들은 자신들의 "종교체계의 위계질서 개념 에 몰두해 자신들의 종교가 억압하는 것을 부두교에 투영"(위르봉 57, 63)시키며 아 이티의 혼과 민중들의 저항 정신이 깃든 부두교를 탄압하였다.

의문을 가지게 된다. 체스넛의 『여자 마법사』는 과거에 노예였던 흑인 엉클 줄리어스(Uncle Julius)가 북부에서 온 백인부부, 존(John)과 애니(Annie)의 일을 도와주며 그들에게 마법에 관련된 노예시절 이야기를 들려주는 내용을 골자로 하고 있으며, 자유와 생존 그리고 인종차별의 해악을 무마하기 위해 마법의 힘을 빌었던 노예들의 처절한 삶을 다루고 있다. 체스넛은 이 작품에서 노예들과 아프리카 미국인들의 삶의 일부가 되어 버린 민담을 토대로 노예들의 희로애락과 생존과 죽음을 증언하고 있다. 하지만 이 작품에 등장하는 마법과 관련된 이야기는 작품의 현재가 되는 시점에서도 여전히 그 영향력을 미치고 있다.

『여자 마법사』에서 단연 돋보이는 인물은 어리석게 보이면서도 무심하게 마법과 요술에 대한 민담을 이야기하고 이를 현실에서의 실질적인 이득과 연결시키는 줄리어스이다. 『여자 마법사』 가운데 「불쌍한 샌디」("Po' Sandy")는 농장주로부터 남편을 지키기 위해 남편을 소나무로 변신시킨 여자 마법사 테니(Tenie)의 이야기를 다루고 있다. 테니는 남편을 지키기 위해서 여러 가지 마법을 부리지만 테니가 일을 하러간 사이에 소나무로 변한 남편이 벌목되어 부엌을 만드는 목재로 사용되게 된다. 줄리어스는 샌디의 기구한 삶을 이야기하며 그 이후로 샌디의 유령이 부엌에 출몰한다고 존과 애니에게 이야기한다. 존의 아내 애니는 줄리어스의 이야기에 공포를 느끼며 귀신이 출몰하는 부엌은 싫다고 말한다. 줄리어스의 섬뜩한 이야기는 노예제의 잔혹함을 고발하고 노예들의 상흔을 상기시키는 것 외에도 현실적으로는 존과 애니 부부가 부엌을 사용하지 못하게 하는 속셈을 포함하고 있다. 결국 줄리어스는 애니가 포기한 식당을 아프리카계 미국인들의 교회 모임

장소로 쓰게 된다. 중요한 것은 "서아프리카의 보둔에서 유래한 마법 혹은 요술과 관련된 이야기가 이 이야기들 속에서는 미국 남부의 풍경에 뿌리를 내린 자연 종교처럼 비쳐진다는 것이다"(Baker Jr. 43).

『여자 마법사』에서 체스넛은 여러 마법이야기와 약초 용법 등을 다루고 있다. 이 소설에서 마법사들은 억압받는 노예들이 탈주하는 것을 돕고 갖은 마술로 그들을 가혹한 인종차별로부터 보호하고 있다. 이 작품에서 마법이라는 개념은 양날을 가진 칼과 같은 것이다. 마법은 한편으로 노예들에게 희망과 자유를 꿈꾸게 하고 다른 한편으로는 노예주들에게 두려움을 불러일으켜 그들의 사악한 행동을 제약하는 역할을 한다. 체스넛은 "folk tale의 형식을 빌려서 흑인의 원색적인 삶의 정신과 그 신비를 근원적으로 탐험함으로써 Zora Neale Hurston, Ishmael Reed로 이어지는 흑인 문학의 folk tradition을 확립한"(천승걸 135-36) 작가로, 그의 작품 속에 투영된 마법과 식물 치유요법은 그 자체에 아프리카 문화를 포함하고 있다. 『여자 마법사』는 이산종교의 풍습과 치료 요법, 약초 요법을 다루는 초기 아프리카계 미국문학작품으로 여겨질 수 있을 것이다.

이산종교와 마법에 대한 주제는 허스턴의 『노새들과 사람들』(*Mules and Men*)과 『내 말에게 말하라: 아이티와 자메이카의 부두교와 생활상』(*Tell My Horse: Voodoo and Life in Haiti and Jamaica*)에 한층 더 상세하게 기록되어 있다. 허스턴은 흑인들의 민담을 수집하기 위하여 "자메이카, 온두라스(Honduras), 바하마, 아이티(Haiti)를 두루 여행하였으며, 1931년에 처음으로 후두(Hoodoo)를 미국에 소개한 아프리카계 미국 민속학자였다"(Collins 138). 비평가들은 허스턴의 『그들의 눈은

신을 쳐다보고 있었다』(*Their Eyes Were Watching God*)에서도 주인공 제이니(Janie)의 외모, 특성과 부두교를 연결 지어 분석하기도 했다.[3] 허스턴은 참여자의 입장으로 이산종교에 대한 자료를 수집하고 자료를 복원한 민속학자이자 작가였다. 부두교의 입문식에 참여하기도 한 허스턴은 많은 사람들을 만나고 부두교와 후두교, 그리고 약용식물 치료에 대한 자료를 녹취하고 기록하였다. 인류학자이자 소설가인 허스턴의 주된 관심사는 사라지고 잊혀가는 아프리카계 미국 문화와 이산종교에 대한 자취를 좇는 것이었다.

허스턴은 특히 『내 말에게 말하라: 아이티와 자메이카의 부두와 생활상』에서 부두교 의식과 관련된 노래의 악보를 추가하기도 했다. 부두교 서술에서 허스턴이 기여한 것은 민초들의 현관(porch) 대화와 다양한 나라의 민담을 기록하고, 이산종교에 대한 향후의 연구를 위한 초석을 놓았다는 것이다. 허스턴은 비유적으로 이산종교의 풍습을 묘사하며 마법 관행에 대해서 둘러대며 말하던 선배작가의 글쓰기 단계를 뛰어 넘어 거리낌 없이 다양한 민담과 부두교, 후두교 관련 자료를 수집하고 이를 출판하여 이후의 학자들과 소설가들에게 많은 영향을 주었다. 린지 터커(Lindsey Tucker)는 마법과 관련된 작품들에서 "허스턴 때부터 여자 마법사에 대한 긍정적인 흑인의 시각과 가까운"(175) 관점을 가질 수 있었다고 말한다.

리드와 네일러는 이 같은 전통의 계승자라 할 수 있을 것이다. 그들의 작품은 부두교와 후두교에 토대를 두고 있다. 리드는 『멈보 점보』

---

3 다양한 부두교 상징, 의식, 색상, 숫자에 대한 분석에 대해서는 서더랜드(Southerland)를 참고할 것.

(*Mumbo Jumbo*, 1972)에서 기나긴 부두교의 탄압사를 다루고 있다. 아이티의 역사를 깊이 탐구한 몇 안 되는 미국 소설가 중의 한 사람인 리드는 『멈보 점보』에서 1915년에 일어났던 미국의 아이티 점령(1915-1934)[4]을 다루고 있다. 그는 이 소설에서 아이티의 발전과 안정을 위해 아이티에 주둔 했다고 자부하는 미국의 속셈이 치밀한 국가 간의 이해관계와 영토 확장에 있었다는 점을 비판하고 있다. 리드는 이 소설을 통해 미국의 명백한 제국건설의 야욕과 미국과 서구 제국주의자들이 표방하는 획일적인 종교와 미학, 그리고 가치관을 비판하고 있다. 또한 그는 세계 신화와 종교의 기원을 추적하며 획일적인 미학을 대신할 신후두 미학(Neo-Hoodoo aesthetic)을 주창한다. 신후두 미학은 후두교의 속성이 절충적이고 다양한 것을 수용하는 것처럼, 여러 미학과 인종, 예술 장치, 종교, 신화를 포함하는 "치유적인 미학"(therapeutic aesthetics)(Lowe 107)으로 이산의 경험과 이산으로 인한 정신분열과 상흔(trauma)을 치유하는 것이다.

리드는 『멈보 점보』에서 아프리카계 미국 문학과 서구 유럽의 문학과 종교를 참고하거나 평가하면서 템플 기사단(Knight Templar), 이시스, 세트, 모세, 예수, 교황, 마르크스, 엥겔스, 융, 밀턴 등을 다시 읽는 작업을 시도한다. 리드는 "'질서정연한 세상을 만들기 위해 욕심 부리고, 규명하고, 분류한 2000년"(153) 동안의 역사와 이야기를 통해, 백인 중심적이고, 기독교에 편중한 민족중심주의(Ethnocentrism)를 패러

---

4 렌다는 19년 동안의 미국의 아이티 점령과 관련한 공식적인 미국정부의 발표에 의하면 3천 명 이상의 아이티 사람들이 살해되었다고 보고하고 있지만 비공식적인 수치는 11,500명으로 추정된다고 말한다. 또한 보통의 미국역사책에서는 이 같은 만행이 각주 하나 분량으로 밖에 설명되고 있지 않았다고 밝힌다(10-11).

디 하고 있다. 바이어맨(Byerman)은 질서를 잡기위한 2000년 동안의 서구의 기획을 되짚으면서 리드가 "사멸한 서구의 역사를 불러낸다"(217)고 말한다. 리드의 대부분의 소설을 연구한 바이어맨은 리드가 "신화들과 전설들[Osiris, Antigone, Santa Claus]뿐만 아니라, 대통령[Abraham Lincoln, Warren G. Harding, Dwight Eisenhower], 종교적 인물[Moses, Pope Innocent], 문화적 인물[Harriet Beecher Stowe, Marie LeVeau, Sigmund Freud]에게 마법을 건다"(217)고 말한다.

"10년에 걸쳐 서아프리카의 요루바(Yoruba) 전통을 연구한"(Hubbard 28) 리드는 포스트모던 탐정 소설인 『멈보 점보』에서 소설의 배경을 할렘 문예부흥(Harlem Renaissance)이 일어난 1920년대로 설정해서 1960년대의 시대상을 패러디하고 있는데, 『멈보 점보』는 흑인 문화의 복합적인 성격을 가진 "저스 그루"(Jes Grew)[5]가 그 모체인 "토스의 책"(The Book of Thoth)을 찾는 과정을 그리고 있다. 이 작품에서 "저스 그루"를 보호하는 파파 레이버스(Papa LaBas)와 블랙 허맨(Black Herman), 아이티에서 온 베노이트 배트라빌(Benoit Battraville)과 아이비 리그(Ivy League)를 패러디한 단체인 월플라워 오더(Wallflower Order), 월플라워 오더가 "저스 그루"의 창궐을 저지하고 아프리카계 미국인을 이간질하기 위해 만든 말하는 인조인간(Talking Android), 제국주의자들이 3세계, 아프리카, 중동, 아시아에서 탈취해온 국보급의 문화재를 박물관으로부터 훔쳐서 본국으로 송환시켜주는 일을 하는 무타피커

---

5 헨리 루이스 게이츠 2세(Henry Louis Gates Jr.)는 리드의 『멈보 점보』에 등장하는 "저스 그루"에 대해 이 말은 제임스 웰든 존슨(James Weldon Johnson)의 흑인 종교음악의 창조 과정을 특징짓는 말이자 『톰 아저씨의 오두막』에서 갑작스럽게 변한 탑시를 연상시키는 말이라고 설명한다(Gates Jr. 221).

(Mu'tafikah), "토스의 책"을 14명에게 나누어 보관시켜 책을 돌려 읽게 하는 뱀톤(Vamton)의 대립관계를 조명하면서, 마침내 "토스의 책"이 불타 없어져 끝내 "저스 그루"가 그 모체를 찾지 못하는 내용을 담고 있다. 리드의 『멈보 점보』는 신후두 미학을 토대로 아프리카와 신대륙을 이어주는 아프리카계 미국인의 종교와 문화를 다룬다는 점에서 이산문학을 이어주는 가교의 역할을 하고 있다. 다시 말하자면 역사를 다시 쓰고, 신화와 문화를 재정의 하고 있는 것이다. 이렇게 함으로써 리드가 이 작품을 통해 강조하는 것은, 억눌린 것들의 회귀를 포함하는 것으로써 획일적인 가치관을 복합적인 가치관으로 대치하는 것이다.[6]

리드의 『캐나다로의 탈주』(*Flight to Canada*)는 또 다른 이산종교의 역할과 가능성을 보여주는 작품이다. 그는 이 작품을 통해 조사이어 헨슨(Josiah Henson)의 『예전에 노예였던 조사이어 핸슨의 삶』(*The Life of Josiah Henson: Formerly A Slave*, 1849)과 해리엇 비처 스토(Harriet Beecher Stowe)의 『톰 아저씨의 오두막』(*Uncle Tom's Cabin*, 1852)을 124년 뒤에 다시 쓰고 있다.

그는 다른 작품들을 올바르게 쓰고/다시 쓰기(right/rewrite) 위해 부두교 의식체계와 구체적인 부두교 신들을 사용한다. 리드는 이 같은 글쓰기를 통해 문학의 장에 힘의 균형을 부여하고 정형화된 등장인물들에게 질문을 던지고, 더욱 실존 인물에 가깝고 책략가에 가까운 새로운 인물들을 제시함으로써 기존 작품들을 다시 쓰고 있다. 리드는 『캐나다로의 탈주』에서 조사이어의 노예서사가 스토의 작품의 소재가 되

---

6 리드가 역사를 다시 쓰고 문화를 재정의 하는 방식에 대해서는 신진범의 「이슈마엘 리드와 신후두 미학」(301-26)를 참고.

어 사실적으로 묘사되기보다는 판에 박힌 흑인으로 묘사된 점을 포착하고, 이를 되돌리기 위해서 체제 전복적인 인물들을 소설에 등장시킨다. 유순한 흑인의 본보기가 되는 엉클 톰(Uncle Tom)과 길들이기 힘든 탑시(Topsy)가 갑자기 기독교의 열렬한 지지자가 되는 스토의 작품에서 영감을 얻은 리드는, 『캐나다로의 탈주』에서 전투적이며 약삭빠르고 기존질서를 전복하는 인물들로 스토의 주인공들을 다시 등장시키고 있다. 리드는 아프리카계 미국문학 전통에서 흔히 접할 수 있는 관행인 선대작가들의 작품을 개작하고 있으며[7] 흑인 예배에서 볼 수 있는 "부름과 응답" 형식을 빌려 문학작품들끼리 대화적인 관계에 놓이게 하고 있다.

리드는 『캐나다로의 탈주』에서 헨슨과 스토의 작품을 참조하면서 "흑인 조상들이 강신술(降神術)이라고 부른, 미래를 예언하기 위해 과거를 뒤돌아보는"(Reed 1974, 22) 행동을 통해 작품 속에서 스토로부터 전화를 받고 자신의 이야기를 쓰고 싶다는 스토의 제안을 거절하는 엉클 로빈(Uncle Robin), 노예주로부터 캐나다로 도망을 치는 퀵스킬(Quickskill), 백인 여주인을 제압하는 매미 바라쿠다(Mammy Barracuda) 등과 같은 인물을 등장시키면서, 스토의 소설에 나타나는 유순하고 모든 고통을 감내하는 엉클 톰과 반항아에서 선교사로 변하는 탑시와 정반대의 인물을 제시하고 있으며, 이들을 통해 스토의 표절행위와 스토가 『톰 아저씨의 오두막』에서 언급한 아이티에 대한 부정적인 이미지

---

7 아프리카계 미국 문학작품의 개작관계에 대해서는 게이츠 2세의 「흑색의 검은 특성: 기호와 의미화하는 원숭이에 대한 비평」("The Blackness of Blackness: A Critique of the Sign and the Signifying Monkey") 291을 참고할 것.

를 걷어내고 있다. 『캐나다로의 탈주』에서 리드는 "사람들로 하여금 해리엇에 대한 패러디물과 순회극단 쇼를 쓰게 하는"(19) 부두교의 정령인 구에데(Guede)[8]를 소개한다. 리드는 『톰 아저씨의 오두막』에 등장하는 기독교와 자신이 쓴 『캐나다로의 탈주』에 등장하는 부두교를 대비시키면서 문학정전에 말 걸기를 시도하고 있으며 전형적인 인물들을 전복적인 인물로 변하게 하고 있다.

아프리카계 미국작가들은 주류작가들에 말 걸기를 하면서 다른 작가의 작품을 개작하는 데 관심을 보여 왔다. 다른 작품을 개작하는 관행은 네일러의 작품에서도 찾아볼 수 있다. 네일러의 『마마 데이』(*Mama Day*, 1988)와 윌리엄 셰익스피어(William Shakespeare)의 『폭풍우』(*The Tempest*)는 상호텍스트적인 관련을 맺고 있다.[9] 네일러와 모리슨 같은 아프리카계 미국 여성작가들은 이산종교를 소개하면서 공존과 치유의 문제를 함께 다루고 있다. 네일러는 샤론 펠튼(Sharon Felton)와 미셸 C. 로리스(Michelle C. Loris)와의 인터뷰에서 『마마 데이』를 쓰기 위해 "노르웨이와 아프리카로 여행"을 떠나야 했고, "6-7년 동안 자료 수집 했다"(141)고 말한 적이 있는데 이 같은 네일러의 노력은 허스턴, 리드, 모리슨의 자료 수집노력과 그들의 여행과 일맥상통한다.[10]

---

8 렌다는 구에데에 대해 "그의 주된 특성은 안하무인격인 말대꾸이며, 구에데는 권력자들에게 뻔뻔스럽게 말대꾸를 하는 인물"(289)이라고 설명한다.

9 네일러와 셰익스피어의 비교에 대해서는 게리 스토호프(Gary Storhoff)의 「'유일한 목소리는 너 자신의 목소리': 글로리아 네일러의 『폭풍우』 다시쓰기」("'The Only Voice is Your Own': Gloria Naylor's Revision of *The Tempest*")와 피터 에릭슨(Peter Erickson)의 「"셰익스피어의 흑인?": 네일러의 소설들에 나타난 셰익스피어의 역할」("'Shakespeare's Black?': The Role of Shakespeare in Naylor's Novels")(231-48)을 참고할 것. 에릭슨은 네일러의 "전복적인 전략은 셰익스피어의 작품에 등장하는 프로스페로(Prospero)와 맞먹는 흑인 여성을 만드는 것"(243)이라고 말한다.

『마마 데이』는 별명이 코코아(Cocoa)인 오필리아 데이(Ophelia Day)와 조지 앤드루(George Andrews)의 결혼과 조지의 죽음을 다루는 소설로, 마법을 부리는 마마 데이(Mamy Day), 닥터 버저드(Doctor Buzzard), 루비(Ruby)가 등장하는 작품이다. 네일러는 합리적인 요소와 비합리적인 요소, 현실과 초현실을 작품 속에 교차시키면서 마법이 통용되는 공간에서의 치유와 자연과의 교감을 다루고 있다. 이 작품의 주인공인 코코아는 1823년 백인남편이자 노예주였던 배스쿰 웨이드(Bascombe Wade)를 독살하고[11] 자유인이 된 노예 사피라(Sapphira) 웨이드의 5대 외손녀이다. 네일러는 아프리카에서 태어난 사피라 웨이드로 시작되는 모계전통의 역사를 『마마 데이』에서 서술하면서 5대 외손녀가 여자 마법사에게 마법에 걸려 죽을 상황에서 주술의 힘을 푸는 방법을 잘못 이해한 조지의 행동으로 오히려 조지가 심장마비로 죽게 되는 비극을 그리고 있다.

10　모리슨은 『낙원』을 쓰기 위해 자료 조사차 브라질로 여행한 적이 있었다. 모리슨은 브라질에서 수녀원에 사는 수녀들이 아프리카계-브라질(African-Brazilian) 종교의식을 행한다는 소문 때문에 남자들에 의해 마녀로 몰려 총살되었다는 이야기를 듣게 되었다. 이 소문은 나중에 떠도는 소문에 불과한 것으로 밝혀졌지만, 모리슨은 이 이야기를 극화해서 『낙원』의 중심 사건으로 배치하고 있다.

11　이산종교의 다양한 쓰임새 가운데 식물의 독을 이용한 예는 여러 문서에서 찾아볼 수 있다. 아이티와 미국의 역사에 등장하는 흑인노예들의 봉기나 반란, 게릴라들의 활동에서 식물의 독을 이용해서 백인식민주의자와 노예주들의 야욕을 분쇄하는 장면들이 자주 등장하고 있다. 부두교의 경우 식민 상황에서 억압자를 제거하는 수단으로 부두교에서 사용하는 독초가 등장했고, 무장봉기에 앞서 전의를 가다듬기 위해서 노래와 춤과 고함치기 등이 수반된 신들림(possessing)의 행사가 거행되기도 했다(위르봉 38-63 참조). 아이티의 경우 지배세력은 되풀이된 미신타파운동을 통해 끊임없이 부두교를 탄압하였는데 이렇게 전방위적인 탄압을 하게 된 배후에는 부두교를 믿는 저항세력의 무서운 저항정신과 혼을 제거하기 위한 치밀한 전략이 숨어 있었다.

이 소설에서 마법이나 주술은 타파해야 할 미신으로 여겨지기보다는 자연친화적인 양식으로 제시되며, 인간과 자연을 이어주는 매개가 되고 있다. 네일러는 이 소설을 통해 자연현상의 올바른 독해는 인간의 삶에 있어서도 필수적인 것임을 강조하고 있다. 특히『마마 데이』에서는 다양한 약초를 이용한 주술이나 치료법이 자주 등장하고 있다. 이 소설의 배경이 되는 시 아일랜드(The Sea Islands)―미국 사우스캐롤라이나 주, 조지아 주, 플로리다 주 북부 연안의 제도―에 있는 윌로우 스프링스(Willow Springs)는 나무로 된 다리로 본토와 이어져 있는데 이 작품에서 나무다리는 두 문화를 연결시켜주는 역할을 하고 있다.

『마마 데이』에서 가장 중요한 점은 이산종교와 기독교가 서로 병존할 수 있게 여겨진다는 점이다. 이런 경향은 종교일치운동이나 다문화주의의 한 유형으로나 종교적 공정성으로 해석될 수 있을 것이다. 네일러는 기독교와 이산종교의 차이점에 대한 문제를 제기하지 않는다. 그 대신 그녀는 상호 이해라는 더 폭넓은 지평선을 제공한다. 로젤린 브라운(Rosellen Brown)은『마마 데이』의 서평에서 이 작품을 모리슨의 작품과 비교하며 마법 및 부두교와 관련된 풍속에 대해 다음과 같이 평한다.

유령 출몰과 마법적인 힘 같은 다른 실체에 대한 토니 모리슨의 신념, 이 모두가 두 종류의 지식 사이에서 경쟁하는『마마 데이』와 관련되어 있다. 네일러의 소설은 오래된 신비한 것들과 불합리한 것들 그리고 역사를 통해 치유와 온전함에 대해 막강한 힘을 행사한 여주인공들에 대한 찬가라고 할 수 있다. (23)

네일러는 이 작품에서 어머니 마법사들을 등장시킨다. 어떤 면에서 이것은 주류 종교에서 볼 수 있는 가부장적인 신이라는 개념에 젠더의 균형을 맞추는 것으로도 해석될 수 있을 것이다. 네일러의 『마마 데이』는 체스넛의 『여자 마법사』를 개작한 것으로 볼 수도 있는데, 흑인 남성 작가에 의해 묘사된 여자 마법사와 네일러가 그리는 여자 마법사 사이에는 상호텍스트적인 성격이 존재하는 동시에 새로운 요소가 추가되어 있다. 『여자 마법사』가 출판된 것은 1899년이고 『마마 데이』가 발표된 것은 1988년이다. 네일러는 체스넛이 민담을 활용해 위장전술[12]을 쓰면서 이를 작품 속에 담아낸 것과는 달리 아무 거리낌이나 위축 없이 공식적인 사회관습 및 종교관행과 부두교에 관련된 이야기를 교차시키며 이 둘 사이의 섞임을 선보이고 있으며, 체스넛의 작품에서 마법을 부리지만 결국 노예제도라는 더 강력한 현실 체제 때문에 희생되거나 약화되거나 미치는 여자 마법사들의 이야기를 다시 쓰고 있다. 네일러가 이렇게 많은 제약을 받지 않고 작품의 소재나 주제에 마법을 끌어들이는 것은 체스넛, 허스턴 등과 같은 작가들의 토대 위에서 가능한 일이다.

모리슨은 『낙원』(*Paradise*)에서 또 다른 이산종교인 칸돔블레(Candomble)[13]를 소개한다. 독자들은 콘솔라타(Consolata)가 수녀원 여성들과 함께 의식을 벌이는 장면을 읽으면서 체스넛의 『여자 마법사』

---

12 와일리 캐쉬(Wiley Cash)는 체스넛이 흑인들의 민담에 익숙한 백인독자들을 겨냥해서 그들의 관심을 이끌어내기 위한 방법으로 민담을 사용했다고 지적하고 있다(185).
13 『낙원』의 결말부에 등장하는 초현실적인 상황과 칸돔블레의 연관성에 대해서는 신진범의 「토니 모리슨의 『낙원』에 나타난 다층적인 서술전략 연구」 134-36을 참고할 것.

에서 느꼈던 낯선 의식을 떠올리게 된다. 이 장면에서 콘솔라타는 칸돔블레 의식을 통해 수녀원에 있는 여성들의 상흔(trauma)을 치유시키고 있다. 칸돔블레는 아프리카의 토속 종교가 브라질에 노예로 끌려온 흑인들에 의해서 변형된 이산종교이다.[14] 모리슨은 『빌러비드』(Beloved)에서 베이비 석스(Baby Suggs)가 공터(Clearing)에서 벌인 치유적인 의식을 선보인 적이 있다. 모리슨의 작품에 나타난 종교 모임은 정통 기독교에 토대를 둔 것이라기보다는 두 문화와 종교의 혼합을 나타내는데 그런 종교의식에서 독자들은 흑인들이 흘리는 원죄에 대한 참회의 눈물은 찾아보기 힘들다. 오히려 춤과 노래와 울음과 발 구르기와 소리치기와 배꼽이 빠질 듯 크게 웃기가 어우러지는 축제와 같은 의식이다. 이는 기독교와 이산종교의 혼합형태로 "크레올화된" 종교인 것이다. 이와 비슷하게 콘솔라타가 이끄는 치유의식 절차는 다양한 의미를 지닌다. 이 소설 속에서 한 명의 백인 여성을 포함한 흑인여성들의 상흔은 루비(Ruby) 마을 공동체가 믿는 기독교에 의해 치유되지 않는다. 콘솔라타는 페인트와 분필을 사용해 수녀원의 여자들에게 그림을 그리게 하고, 집단적인 치유의식을 통해 모두가 개개인의 과거로 함께 여행을 하게 하고 있으며, 상처받고 분열된 그들의 내면을 탐색하게 하고 있다. 이 같은 치유의 과정은 춤, 노래 등으로 이루어져 등장인물들은 자신의 상흔에서 걸어 나온다.

---

14 칸돔블레를 연구한 J. 로랜드 마토리(J. Lorand Matory)는 "칸돔블레는 점(占), 희생, 치유, 음악, 춤, 그리고 영적 신들림과 관계되는 아프리카계 브라질 종교" ("Introduction" 1)라고 설명한다.

세네카는 주립 보호소에서의 암울한 아침을 껴안고 마침내 그것을 사라지게 했다. 그레이스는 한 번도 얼룩지지 않았던 흰 셔츠를 성공적으로 세탁하는 것을 목격했다. 메이비스는 피부를 간질이는 무궁화 꽃잎의 전율 속으로 빠져 들었다. 멋진 아들을 낳은 팔라스는 비가 에스컬레이터를 타고 있는 어떤 무서운 여성과 검은 물에 대한 모든 공포를 씻어내는 동안 아들을 꼭 껴안고 있었다. (283)

모리슨은 구약을 상기시키는 루비 공동체의 종교와 크레올화된 수녀원의 신념체계 및 종교관을 대비시키면서, 제도화되지 않은 종교에 토대를 둔 치유의식을 제시하며, 미국의 "복합적인 종교 유산"(Brooks 193)과 그 역할을 심도 있게 다루고 있다. 수녀원 여성들이 이산의 결과라 할 수 있는 "크레올화 된 종교"에 의해 치유 받는 것은 제도화된 종교에 대한 "의미화"라고 할 수 있다. 리피버(Lefever)는 쿠바의 산테리아(Santeria)를 연구하는 글에서 "크레올화된 종교"는 "그들의 억압자의 해석학에 도전을 함과 동시에 그들만의 해석 원칙들을 사용해 개인적, 사회적 "텍스트들"을 다시 쓰고 개작한다"(324)고 말한다. 치리우는 많은 아프리카계 미국인들은 "마법에 대한 신념과 종교적 신념을 구별 짓지 않고 두 개가 서로에게 필요한 대응물로 존재하는 것으로 이해한다."(151)라고 설명한다. 아프리카계 미국인들은 가혹한 인종차별 속에서 온전한 생존을 위해 기독교와 이산종교를 번갈아가면서 사용한다. 이 같은 행위는 아프리카의 문화를 포함하면서 신대륙에서 생존을 하는 치열한 생존전략이 되고 있으며 척박한 토양에 이식된 식물들이 낯선 흙 속에 뿌리를 내리며 성장하는 것과 같은 것이다.

모리슨은 「기억, 창조, 그리고 글쓰기」("Memory, Creation, and

Writing")에서 3세계 우주론에 대한 자신의 견해를 다음과 같이 피력하고 있다.

> 내가 알고 있는 3세계 우주론에서 현실은 서구 문화의 선배 작가에
> 의해 이미 구성된 것이 아니다. 내 작품이 용인된 서구의 현실과 같
> 지 않는 어떤 현실을 다루어야 한다면, 그것은 서구가 불신하는 정보
> 에 집중시키고 활기를 불어넣어야 한다. 그 이유는 그것이 사실이 아
> 니거나 쓸모가 없고, 심지어 어떤 인종적 가치가 없어서가 아니라 그
> 것은 믿지 않은 사람들이 가지고 있는 정보이기 때문이며, "민간전
> 승", 혹은 "잡담", 혹은 "마법" 혹은 "감상"으로 격하된 정보이기 때
> 문이다. (388)

노리슨을 비롯한 아프리카계 미국 작가들은 이 같은 믿어지지 않
는 정보를 가지고 자신들의 작품을 나무뿌리 용법, 약초 용법, 귀신, 마
법 관행과 민담 같은 그런 정보로 채우는 것이다.

게이츠 2세는 『의미화 하는 원숭이: 아프리카계 미국 문학비평이
론』(*The Signifying Monkey: A Theory of African-American Literary Criticism*)에
서 의미화 하는 원숭이와 관련된 이야기는 "흑인 토속어 전통의 수사
학적 원칙이 가득한 저수지와 같다"(63)고 말한다. 어떤 의미에서는 위
에서 언급한 작가들은 새로운 아메리카 대륙에서 문화의 저수지라 할
수 있는 이산종교를 가지고 말장난을 하는 "의미화 하는 원숭이"와 같
다고 할 수 있을 것이다. 그들은 "담론의 주변부에 기거하며 언어의 애
매성을 구체적으로 드러내며 항상 말장난하고, 비유적인 용법"(Gates
Jr. 52)과 조소하는 듯한 유머로 단호하고도 통쾌하게 억압적인 환경,

종교와 문학 정전에 대해 의미화하고 있는 것이다.

위에서 언급한 작가들 외에도 현대 아프리카계 미국작가인 와이드맨도 이산종교를 작품의 주요주제로 끌어들이며 현재와 과거, 미국과 아프리카, 현대인과 조상을 서로 연결시키고 있다. 와이드맨의 『담발라』(Damballah)의 첫 번째 이야기로 등장하는 「담발라」도 부두교의 신을 다루며 이를 현재의 삶 속에서 재해석 하고 있다. 「담발라」에 등장하는 오리온(Orion)은 "미친 흑인"이라고 소문이 자자한 노예이다. 그는 죽음을 목전에 두고서도 기독교를 받아들이는 것을 거부한다. 오리온의 죽음은 한 인간의 종교 신념과 생활방식은 어떤 사회나 특정적인 지배 인종에 의해서 강요될 수 없다는 것을 나타내고 있다. 그 이유는 한 개인이 자신의 전통과 신념체계를 잃어버리면 그는 자신의 존재 이유도 함께 잃어버리기 때문이다. 와이드맨은 오리온의 잘린 머리를 들고 강물에 들어가서 생전에 오리온이 했던 부두교 의식을 거행하는 한 소년의 행동을 통해 끊임없는 탄압에도 사라지지 않는 이산종교의 끈질긴 생명력을 나타내며, 부두교의 문화와 유산이 대대로 전해지는 이야기를 통해 미국과 아프리카를, 산 자와 조상들의 영혼을 연결[15]시키고 있다.

지금까지 살펴본 이산종교의 회귀를 다루는 아프리카계 미국작가들과 이산종교의 억압과 끈질긴 생명력과 관련해 우리는 한국 무속의

---

15 아프리카계 희곡 작품에 나타난 액막이 의식에 대해서는 김상현의 「August Wilson 의 *The Piano Lesson*: 엑소시즘에 의한 통합」을 참고할 것. 어거스트 윌슨의 『피아노의 교훈』에서 애버리가 기독교 의식으로 피아노에 붙어있는 백인유령을 몰아내지 못하자 버니스는 "샤머니즘을 행하는 여사제의 모습으로 피아노로 다가가 연주하며 죽은 조상들의 이름을 부르며 영혼을 불러낸다"(김상현 106).

탄압사를 통해 비슷한 점을 발견할 수 있다. 한국의 풍습과 고유 신념 체계가 담겨 있는 무속은 시대에 따라 이산종교와 비슷하게 탄압을 받고 제국주의자의 이익을 위해 평가절하당해야 했다. 일본이 한국을 지배했을 때 많은 무당들은 일본정부로부터 차별과 억압을 당해야 했다. 이와 관련해서 우리는 전통적인 종교와 기독교의 충돌을 다룬 김동리 같은 한국작가들의 작품에서 서구종교와 토착종교 혹은 신념체계의 충돌을 읽을 수 있다.

일례로 일본이 한국을 지배할 때 일본정부는 무속을 더 나은 문화를 위해 타파해야 할 구시대 유물로 여겼고, 무속을 미신타파운동과 관련지었다. 그리고 마을 공동체를 묶어주고 항일운동의 혼이 된 마을 굿 등을 폐지하면서 한편으로는 저항의 불꽃을 없애기 위해 이를 문명의 발전과 연결시키기도 했다. 그리고 서양종교들의 활발한 유입도 더욱 더 한국의 토속종교와 의식을 하찮은 것으로 만들었다.

오늘날 한국에서는 여러 종교가 있다. 하지만 적지 않은 사람들이 그들의 운을 알아보고 신들림에서 벗어나거나 조상 영혼의 기복을 위해 무당들을 찾고 있다. 어떤 의미에서 무속과 무당은 한국의 전통적인 기상과 관련된 귀중한 자산을 가지고 있다. 무속과 관련된 서류들과 서사들은 전 세계적으로 공통점을 가진다. 무속의 일부 양상은 아프리카계 미국인의 이산종교와 닮은 점도 있다. 그리고 문학에서 이산종교나 무속을 다루는 것은 또 다른 의미를 지니고 있다.[16]

---

16 모리슨이『빌러비드』에서 복합적인 존재인 유령이 124번지를 활보하게 한 것은 황석영의『손님』에 나타난 많은 유령들과 맞닿아 있다.『빌러비드』에서 여인들이 씻김굿으로 빌러비드를 해원(解冤)의 공간으로 인도하는 장면과『손님』에서 기독교와 마르크시즘을 "손님"으로 규정하고 한판의 해원굿인 "황해도 진오기굿" 열두 마당

한 국가의 종교적 관행이나 의식은 그 자체의 의미와 중요성을 지니고 있기에 그것은 어떤 다른 목적으로 사용될 수 없다. 아프리카계 미국인의 이산종교는 노예제도와 함께 시작되었다. 많은 아프리카인들은 강제로 자신들의 모국인 아프리카에서 포획되어 모국을 떠나야 했다. 그들은 모국을 떠나오며 모국의 신념과 문화, 그리고 종교적인 관습을 새로운 땅에 함께 가지고 왔다.

그 결과 노예들이 도착하는 곳마다 혼합적인 종교가 형성되었다. 이런 종교의 주된 사용은 치유와 상해, 그리고 공동체의 단결이었다. 노예들은 자아가 흩어지고 뿌리 뽑힌 나무와 같은 처지에서 이들 종교에서 그들의 문화와 전통을 잃지 않고 생존할 수 있는 전략을 발견할 수 있었다. 이런 양상은 아이티에서 발견될 수 있다. 아이티의 부두교는 아프리카 종교와 가톨릭의 혼합 형태인데 아이티 사람들은 가톨릭 체제 안에서 자신의 아프리카적 전통과 종교의식을 고스란히 간직하고 있다. 때로 이런 종교 모임과 의식은 봉기로 이어지기도 했다. 지금까지 이산종교와 관련된 많은 상품들이 등장했다. 영화와 문학작품은 이런 이산종교가 해롭고 시대에 맞지 않다는 것을 누누이 강조해왔다. 하지만 그런 문화상품들은 교묘하게 제국주의자의 욕망과 인종우월주의자의 우월감을 숨기고 있었다.

억눌린 이산종교의 회귀는 다양한 의미를 지닌다. 우선 억눌린 이산종교의 회귀는 문학과 문화 전반에 다양한 비전과 프리즘을 부여한다. 또한 이는 기존 질서와 종교에 간섭하고 한 문화의 온전한 생존을

으로 화해와 상생을 강조하는 장면은 정통종교 밖으로 밀려난 의식과 신념체계와 토속종교의 가능성을 문학적으로 승화시킨 예라고 할 수 있을 것이다.

위한 새로운 목소리를 부여한다. 그리고 이산종교는 사람들에게 그들의 조상의 지혜와 유머를 상기시키고 주류집단의 역사, 문화, 권력에 문제를 제기함으로써 문학 정전에 간섭한다. 또한 백인 유럽인과 미국인들에 의해서 과대 포장되고 상업적인 상품으로 전락했던 이산종교와 관련된 문화, 문학, 영화, 민속지학연구에 드리워진 교묘한 베일을 찢어내고 다양한 이산종교의 치유력과 가능성을 드러내는 역할을 한다. 마지막으로 억눌린 이산종교의 회귀는 대체 치유체계와 새로운 삶의 방식, 그리고 상호이해의 더 폭넓은 지평선을 제공하며 공존과 상생의 길을 제시하고 있다.

| 참고문헌 |

김상현. 「August Wilson의 *The Piano Lesson*: 엑소시즘에 의한 통합」. 『영어영문 학 연구』 47.4 (2005): 93-111.

손동호. 「흑인 프로스페로의 "먼저 가서 길을 보여주는 이" 찾기: <조 터너가 왔다갔어요>」. 『세계문학비교연구』 21 (2007): 263-86.

신진범. 「신후두(Neo-Hoodoo) 미학과 이슈마엘 리드의 『멈보 점보』」. 『벨로우 맬라머드 연구』 3 (1999): 301-26.

_____. 「토니 모리슨의 『낙원』에 나타난 다층적인 서술전략 연구」. 『현대영 미소설』 9.2 (2002): 123-43.

위르봉, 라에네크. 서용숙 역. 『부두교: 왜곡된 아프리카의 정신』. 서울: (주)시 공사, 1997.

천승걸. 「Charles W. Chesnutt의 작품 세계: - 미국 흑인문학의 이해를 위한 시 론」. 『영어영문학』 72 (1980): 109-40.

Baker, Jr. Houston. *Modernism and the Harlem Renaissance*. Chicago: U of Chicago P, 1990.

Brooks, Bouson J. "'He's Bringing Along the Dung We Leaving Behind': The Intergenerational Transmission of Racial Shame and Trauma in *Paradise*." *Quiet As It's Kept: Shame, Trauma, And Race in The Novels of Toni Morrison.* Albany: State University of New York P, 2000. 191-216.

Brown, Rosellen. "Review of *Mama Day*." *Gloria Naylor: Critical Perspectives Past and Present.* Ed. Henry Louis Gates, Jr. New York: Amistad, 1993. 23-25.

Byerman, Keith E. "Voodoo Aesthetics: History and Parody in the Novels of Ishmael Reed." *Fingering the Jagged Grain: Tradition and Form in Recent Black*

Fiction. London: U of Georgia P, 1985.

Cash, Wiley. ""Those Folks Downstairs Believe in Ghosts": The Eradication of Folklore in the Literature of Charles W. Chesnutt." *CLA Journal* 49.2 (2005): 184-204.

Chesnutt, Charles W. *The Conjure Woman*. 1899. Ann Arbor: U of Michigan P, 1969.

Chireau, Yvonne P. *Black Magic: Religion and the African American Conjuring Tradition*. Los Angeles: U of California P, 2003.

Collins, Derek. "The Myth and Ritual of Ezili Freda in Hurston's *Their Eyes Were Watching God*." *Western Folklore* 55 (1996): 137-54.

Erickson, Peter. ""Shakespeare's Black?": The Role of Shakespeare in Naylor's Novels." *Gloria Naylor: Critical Perspectives Past and Present*. Ed. Henry Louis Gates, Jr. New York: Amistad, 1993. 231-48.

Felton, Sharon and Michelle C. Loris. "Gloria Naylor." *Conversations with Gloria Naylor*. Ed. Maxine Lavon Montgomery. Jackson: UP of Mississippi, 2004. 138-50.

Gates, Jr. Henry Louis. "The Blackness of Blackness: A Critique of the Sign and the Signifying Monkey." *Black Literature & Literary Theory*. Ed. Henry Louis Gates, Jr. New York: Routledge, 1984. 285-321.

_____. *The Signifying Monkey: A Theory of Afro-American Literary Criticism*. Oxford: Oxford UP, 1988.

Henson, Josiah. *The Life of Josiah Henson: Formerly A Slave*. Boston: Arthur D. Phelps, 1849.

Hubbard, Lee. "Ishmael Reed on the Rampage." *American Visions* 13.2 (1988): 27-30.

Hurston, Zora Neale. *Mules and Men*. New York: Harper Perennial, 1990.

_____. *Tell My Horse: Voodoo and Life in Haiti and Jamaica*. New York: Harper & Row P, 1990.

Lefever, Harry G. "When the Saints Go Riding in: Santeria in Cuba and the United States." *Journal of the Scientific Study of Religion* 35.3 (1996): 318-30.

Lowe, John. "Monkey Kings and Mojo: Postmodern Ethnic Humor in Kingston, Reed, and Vizenor." *MELUS* 21.4 (1996): 103-23.

Matory, J. Lorand. "Introduction." *Black Atlantic Religion: Tradition, Transnationalism, and Matriarchy in the Afro-Brazilian Candomble.* Princeton: Princeton UP, 2005. 1-37.

Morrison, Toni. "Memory, Creation, and Writing." *Thought* LIX.235 (1984): 385-90.

_____. *Paradise.* New York. Knopf, 1998.

Naylor, Gloria. *Mama Day.* New York: Vintage Books, 1993.

Olmos, Margarite Fernandez & Lizabeth Paravisini-Gebert, Ed. *Sacred Possessions: Vodou, Santeria, Obeah, and the Caribbean.* New Brunswick, N. J.: Rutgers UP, 2000.

Reed, Ishmael. *Flight to Canada.* New York: Atheneun, 1989.

_____. *Mumbo Jumbo.* New York: Scribner Paperback Fiction, 1972.

_____. "The Writer as Seer: Ishmael Reed on Ishmael Reed." *Black World* 23.8 (1974): 20-34.

Renda, Mary A. *Talking Haiti: Military Occupation & the Culture of U. S. Imperialism, 1915-1940.* Chapel Hill: U of North Carolina P, 2001.

Shin, Jinbhum. "Rewriting/ Righting His(S)tory: A Study of Literary Revision in *The Life of Josiah Henson: Formerly A Slave, Uncle Tom's Cabin* and *Flight to Canada.*" *Journal of American Studies* 32.2 (2000): 501-19.

Southerland, Ellease. "The Influence of Voodoo on the Fiction of Zora Neale Hurston." *Sturdy Black Bridges: Visions of Black Women in Literature.* Ed. Roseanne Bell. New York: Anchor, 1979. 172-83.

Storhoff, Gary. "'The Only Voice is Your Own': Gloria Naylor's Revision of *The Tempest.*" *African American Review* 29 (1995): 35-45.

Stowe, Harriet Beecher. *Uncle Tom's Cabin*. New York: A Signet Classic, 1966.

Tucker, Lindsey. "Recovering the Conjure Woman: Texts and Contexts in Gloria Naylor's *Mama Day*," *African American Review* 28.2 (1994): 173-88.

Wideman, John Edgar. *Damballah*. New York: Vintage, 1988.

* 이 글은 「아프리카계 미국소설에 나타난 억눌린 이산종교의 회귀: 찰스 체스닛, 조라 닐 허스턴, 토니 모리슨, 이슈마엘 리드, 글로리아 네일러의 작품을 중심으로」(『영어영문학연구』 48권 2호, 2006, 205-22)를 수정, 보완한 것임.

V

원혼의 해원(解冤):
토니 모리슨의 『빌러비드』와 황석영의 『손님』

1. 들어가는 말

　토니 모리슨(Toni Morrison)의 『빌러비드』(*Beloved*)와 황석영의 『손님』은 마술적 사실주의(magical realism)[1], 유령의 출몰, 서술 기법과 다중시점의 활용에 있어서 놀라울 정도로 유사점이 많은 소설이다. 그리고 주제면에서도 참혹한 노예제도와 한국전쟁의 상흔, 너무나 끔찍해 말할 수 없는 과거의 기억, 과거 역사의 복원, 과거와 현재의 관계, 죽은 자와 산 자의 소통 등에 있어서도 서로 교차 지점이 많은 작품들이다.

---

[1] 모리슨의 『빌러비드』를 마술적 리얼리즘이나 환상과 관련하여 분석한 연구는 김애주, 유제분의 글과 로이스 파킨슨 자모라(Lois Parkinson Zamora)와 웬디 B. 페리스(Wendy B. Faris)가 공동 편집한 『마술적 사실주의: 이론, 역사, 공동체』(*Magical Realism: Theory, History, Community*)를 참고할 것.

황석영의『손님』은 마야 웨스트(Maya West)와 전경자가 영어로 공동 번역하여 2005년에 *The Guest*로 'Seven Stories Press'에서 출판되어 이미 영어권 독자들과 만나고 있으며, 해외 독자들의 반응도 좋은 편이다.[2] 모리슨과 황석영의 여러 인터뷰를 살펴보면 이 두 작가들은 모두 호르헤 루이스 보르헤스(Jorge Luis Borges)와 가브리엘 가르시아 마르케스(Gabriel Garcia Marquez) 같은 라틴 아메리카 작가들의 작품을 즐겨 읽어온 사실을 발견할 수 있다. 모리슨과 황석영은 라틴아메리카의 마술적 리얼리즘을 토착적인 요소—아프리카계 미국인의 신념체계 및 종교의식과 한국의 굿—와 결합시켜 이를 혼성화시켜 나가고 있다. 또한 마술적 리얼리즘의 핵심요소인 유령의 출몰과 매개자의 역할, 해원(원통한 마음을 풂), 공동체의 와해와 화해, 산송장 같은 삶을 사는 생존자, 상흔의 치유와 공식적 기억(거대서사)에 억눌린 개인의 기억, 그리고 재기억의 중요성을 다루고 있다.

모리슨의『빌러비드』와 황석영의『손님』을 비교 연구하는 것은 그동안 작품 분석에서 주변요소로 취급된 유령을 중심으로 이동시키면서 유령이 횡단하고 있는 역사적, 미학적, 논리적, 이성적 영역을 재검토하는 것으로 이어질 수 있을 것이다. 이 장에서는 두 소설에 공통적으로 나타난 유령이 궁극적으로 작품에 어떤 영향을 끼치고 있는지에 대해서 살펴보고, 유령이 출몰해서 해원되기까지 공통점과 차이점에 대해 알아보도록 한다. 또한 모리슨과 황석영이 유령의 귀환을 통해 작품에서 어떤 주제를 부각시키고 있는지에 대해서도 살펴보고자 한다.

---

2 존 페퍼(John Feffer)는『손님』을 마술적 사실주의 전통에 속하는 것처럼 보인다고 말하면서 가르시아 마르케스와 살만 루시디(Salman Rushdie)와 비슷한 점이 있지만 『손님』은 전통적인 한국의 샤만 문화에 충실한 것이 특징적이라고 평가했다(32).

2. 모리슨의 『빌러비드』:
합당한 애도를 통한 공동체 의식의 회복

모리슨은 「기억, 창조, 그리고 글쓰기」("Memory, Creation, and Writing")에서 3세계 우주론에 대해서 말하며, 자신은 서구 백인들이 격하시킨 아프리카계 미국인의 신념체계를 총동원해서 글쓰기를 하고 있다고 강조한다(388). 모리슨은 「뿌리내림: 토대로서의 조상」("Rootedness: The Ancestor as Foundation")에서도 아프리카계 미국인은 "매우 현실적인 사람들이다. 그러나 그 현실성에는, 이를테면 미신이나 마술도 포함된다. 그것은 사물을 인식하는 또 다른 방법이다. … 그 두 세계를 융합시키면 풍요로워진다."(342)라고 말하면서 자신의 작품 속에 등장하는 마술적인 요소 의미를 강조한다.

모리슨이 말하는 마술이나 아프리카계 미국인의 신념체계는 찰스 체스닛(Charles Chesnutt)의 『여자 마법사』(The Conjure Woman), 조라 닐 허스턴(Zora Neale Hurston)의 단편 「존 레딩 바다로 가다」("John Reeding Goes to Sea"), 이슈마엘 리드(Ishmael Reed)의 『멈보 점보』(Mumbo Jumbo)에 나오는 민간전승이나 민담, 부두교(voodoo)나 후두교(hoodoo) 등을 포함하는 것이다.[3]

노예설화에서부터 현대 아프리카계 미국 소설에 반복적으로 집요하게 등장하는 많은 유령들처럼 『빌러비드』에 등장하는 유령도 흑인들

---

3 아프리카계 미국 소설에 나타난 다양한 이산종교에 대해서는 신진범의 「아프리카계 미국소설에 나타난 억눌린 이산종교의 회귀: 찰스 체스닛, 조라 닐 허스턴, 토니 모슨, 이슈마엘 리드, 글로리아 네일러의 작품을 중심으로」를 참고할 것.

의 한을 상징한다.4 이 소설은 각각 "124 WAS SPITEFUL."(3), "124 WAS LOUD"(169), "124 WAS QUIET"(240)라는 말로 앙심을 품은 아기의 원혼이 온 집안과 공동체를 떠들썩하게 하고 124번지를 황폐하게 하고 신시내티 공동체 여성들의 살풀이와 세스의 희생적인 행동에 해원되는 과정을 표현하고 있다. 처음에는 124번지를 뒤흔드는 아기의 원혼으로, 폴 디(Paul D.)가 고함을 쳐서 그 혼령을 물리친 다음에는 육화되어 나타나는 빌러비드(Beloved)는 "다중인격장애(Multiple Personality Disorder) 환자"(Koolish 170)나 빙의로 고생하는 처녀, 저승에서 온 유령, 많은 흑인 유령의 집결체 등의 다양한 모습을 보이고 있다.5 하지만 빌러비드는 유아살해의 죄책감에 시달리는 세스(Sethe), 폭력의 또 다른 희생자가 되어 침묵으로 일관하는 덴버(Denver), 노예제의 해악으로 남성성을 상실한 폴 디, 유아살해를 방관했던 과거 행동에 죄책감을 가진 신시내티(Cincinnati) 공동체의 상흔과 구성원들의 내적 자아를 비추는 "거울"(Koolish, 1995, 436)과 같은 역할을 한다.6 빌러비드는 폴 디를 124번지에서 쫓아내고 점점 더 세스를 구속하며 세스에게 집착하

4　신시아 S. 해밀턴(Cynthia S. Hamilton)은 노예설화에 나타나는 초자연적인 존재에 대해 "The supernatural intrudes into slave narratives with surprising regularity with fortune-tellers (Wells Brown), conjurer (Bibb), ghost (Grimes and Northup), and visions (Sojourner Truth)."(440)라고 설명한다.

5　유세비오 로드리게즈(Eusebio Rodrigues)는 빌러비드가 "마치 6천만 개 혹은 더 많은 목소리들이 하나로 압축된 듯하다"(73)고 말한다.

6　스탬프 페이드(Stamp Paid)는 붉은 리본에 얽힌 상흔을, 폴 디는 붉디붉은 가슴을 잃어버린 자신의 모습을, 엘라(Ella)는 노리개로 전락했던 자신의 옛날 모습을 빌러비드를 통해서 다시 대면하게 된다. 빌러비드는 한과 상흔이 집약된 거울과 같은 존재로『빌러비드』의 등장인물들이 지고 다니는 인종차별과 노예제도라는 짐을 풀어헤치는 역할을 하고 있다.

고 계속 이야기를 해달라고 강요한다. 빌러비드는 124번지에 사는 덴 버와 세스의 일상에 관여하고 그들에게 어떤 형식으로든 변화를 불러 일으킨다. 하지만 빌러비드의 파괴적인 속성 이면에는 노예제의 상흔 으로 생중사의 삶을 사는 주인공들을 치유시키려는 치유자의 면모도 함께 존재한다.

폴 디가 빌러비드와 성관계를 하는 장면은 겉으로는 남녀 간의 성 관계를 표현하는 장면이지만, 성관계를 통해 빌러비드와 폴 디는 "신 체적 치유"(Smith 348)를 포함하는 상호 치유를 경험한다.[7] 폴 디는 빌 러비드와의 성관계를 통해 억눌린 과거이자 노예제도가 말소해버린 조 상들의 넋을 대면하고 원한을 지닌 채 이름 없이 죽어간 조상들의 이 름을 불러준다. 또한 폴 디가 빌러비드의 이름을 불러주는 것은 노예선 에서 밤에는 "Beloved"로 낮에는 "bitch"(241)로 불린 많은 흑인여성들 의 한을 풀어주고 마땅한 장례의식도 없이 죽은 수많은 흑인조상들의 한을 풀어주는 행위로 해석될 수 있다.[8] 폴 디가 빌러비드라는 말과 "붉은 심장"(117)이라는 말을 크게 외치자 마술적인 일이 벌어지게 된 다. 자신의 수치심과 모멸감, 거세된 남성성이 가두어져 있던 담뱃갑이 기적적으로 열리는 것이다.

---

7 『빌러비드』를 환상 문학으로 분석한 김애주도 "우리는 비러비드의 기능이 뭔가에 사로잡힌 인물들로 하여금 그것을 말하게 함으로써 스스로 의미를 부여하게 만드 는 치유자 역할이 아닌가 하는 추측을 하게 된다"(170)라고 말하면서 빌러비드의 치유자적 속성을 강조한다.

8 이명호는 이 작품에서 모리슨은 "죽은 자를 떠나보내자면 어떤 의식이 필요한가? 죽은 자를 묻기 위해 살아남은 자는 죽은 자에게 어떤 윤리적, 역사적 의무를 지고 있는가? 미국은 이 애도의 과제를 성공적으로 수행해왔는가?"(203)와 같은 질문을 끈질기게 하고 있다고 평한다.

"제발 이름을 불러주세요. 이름을 불러주면 가겠어요."
"빌러비드." 그가 이름을 말했으나 그녀는 가지 않았다. 그녀가 발자
국 소리를 내며 더 가까이 다가왔으나 그는 그 소리를 듣지 못했고
양철 담뱃갑의 솔기에서 녹 조각이 떨어져 나올 때 나는 소리도 듣지
못했다. … 부드럽게 그런 다음에는 아주 큰 소리를 질렀다. 그 소리
는 덴버를 깨웠고, 폴 디 자신도 깨어나게 했다. "붉은 심장. 붉은 심
장. 붉은 심장." (117)

  폴 디가 빌러비드의 이름을 부른 것은 "무가치한 존재에서 벗어나
고, 정당한 이름으로 불리길 요구"(Holloway 178)하는 수많은 빌러비드
의 한을 삭이는 역할을 한다. 이 소설에서 빌러비드는 원혼 → 육화 →
임신 → 해원의 과정을 거치면서 세스에게 과거를 끊임없이 생각나게
하며, 신시내티 공동체 주민·세스·덴버·폴 디에게, 아문 것 같지만
완치되지 않은 상처부위를 다시 절개하고(끔찍한 과거와 그들의 과거
모습을 재기억하게 하고) 다시 그 상처를 봉합해주는 의사와 같은 역
할을 한다. 특히 빌러비드는 하나의 육체에 여러 영혼이 깃들어 있는
모습을 보이기도 하면서 세스에게 집착하여 세스를 파괴하는 모습을
보이기도 한다. 이는 빙의로 고생하는 사람이 미친 듯이 행동하며 쇠잔
해가는 모습과 유사하다.
  세스의 경우 외상 후 스트레스 장애(Post-traumatic Stress Disorder)
증상과 비슷한 병을 앓고 있었는데 빌러비드는 끊임없는 질문으로 세
스를 상처를 입은 지점으로 다시 여행하게 하여, 세스가 끊어지고 왜곡
된 기억과 역사, 그리고 과거를 껴안으면서 자신의 정체성을 회복할 수
있도록 돕는 촉매의 역할을 하고 있다. 특히 모리슨은 『빌러비드』를 통

해 유령이자 과거를 대변하는 빌러비드와 미래를 나타내는 덴버를 나란히 등장시키고 있으며 덴버가 언니의 원혼을 달래게 하고 있다. 그리고 유령을 마주대하는 덴버의 경우 시간이 흐름에 따라 태도에 변화를 보이기 시작한다. 덴버는 처음에 빌러비드를 독차지할 생각을 하며 외로운 상황에서 함께 있어줄 자매로 빌러비드를 반긴다. 하지만 살아 있는 엄마를 식물인간처럼 만드는 빌러비드의 무서운 집착을 경험하며, 자신이 아무것도 하지 않으면 모두가 유령과 같은 존재가 될 것이라 생각하며 124번지 밖을 향해 발을 내딛는다.

흥미로운 사실은 빌러비드가 세스에 집착하여 세스를 생중사의 상태로 밀어넣는 반면, 『빌러비드』의 후반부에서 또 다른 유령의 모습으로 등장하는 베이비 석스(Baby Suggs)는 "저승에서 말을 하며 … 덴버가 세상으로 나가게 재촉하는"(Ramos 64-65) 역할을 한다는 것이다.

모리슨은 『빌러비드』에서 망자들의 말하기를 통해 역사를 거슬러 가며 아프리카, 노예선의 참혹한 상황, 노예선에서 있었던 성적 학대 등을 복원하며 노예제도 때문에 흩어지고 파편화된 "기억의 디아스포라"(Redding 170)를 접합시키고 있다.[9] 이는 빌러비드라는 하나이자 여럿인 유령의 목소리를 빌려 숨은 진실들을 드러나게 하는 모리슨의 미학적 장치라고 할 수 있을 것이다. 이 작품에서 중심인물들의 내면독백은 많은 것을 나타낸다. 빌러비드의 내면독백을 보면 빌러비드가 세스가 살해한 딸일 뿐만 아니라 대서양 중앙 항로(Middle Passage)에서 죽어간 무수한 흑인노예일 수 있다는 추측을 가능하게 한다. 빌러

---

9 매듀 더비(Madhu Dubey)는 "빌러비드의 귀환이 완전해지고 연결되려는 이산의 갈망을 충족시킨다"(193)고 말한다.

비드는 내면독백을 포함하는 다양한 진술을 통해서 노예제도로 희생된 많은 흑인들의 상흔을 드러내거나 연결시키고, 온당한 애도를 받지 못해 구천을 떠도는 처절한 영혼의 모습을 보이면서 노예제도의 해악을 고발한다. 하나이자 무수한 유령의 집결체인 빌러비드와 덴버, 세스의 내면독백은 흑인들의 상흔을 연결시키고, 정보를 공유하게 한다. 그리고 덴버와 세스의 내면독백은 조상의 영혼과 빌러비드의 영혼에게 가혹한 노예제도의 상황 속에서 산 자들이 유령보다 더 못한 삶을 살 수밖에 없었다며 서러움을 토로하게 하는 복합적인 역할을 하고 있다. 모리슨은 황석영이 『손님』에서 수많은 유령들의 교차진술을 통해서 과거를 재평가/재기억 하게 하는 것과 마찬가지로 주인공들의 시공간을 초월한 숨이 가쁜 내면독백을 통해 아프리카, 대서양 중앙항로, 참혹한 노예선, 스위트 홈(Sweet Home), 그리고 저승을 연결시키고 있다.

빌러비드의 해원은 부분적으로는 폴 디와의 성관계에 의해서 이루어지지만 보드윈(Bodwin)이 마차를 몰고 124번지로 오는 장면에서 세스가 보인 태도와 엘라(Ella)를 필두로 한 신시내티 공동체 여성들의 행동에 의해서도 이루어지고 있다. 과거에 세스가 빌러비드를 살해할 수밖에 없었던 상황과 비슷한 상황이 벌어졌을 때 세스는 얼음송곳을 들고 이번에는 딸이 아닌 자신이 가해자라고 여기는 존재에게 덤벼든다. 이 장면은 『손님』에서 볼 수 있는 기독교인(형수)이 마련한 제사와 유사한 점이 있다. 베이비 석스(Baby Suggs)가 공터(Clearing)에서 행한 설교에서 볼 수 있듯이 흑인들의 종교행사는 기독교적인 요소와 아프리카의 전통적인 종교 의식이 결합된 형태를 띠고 있다. 자신들이 효험 있다고 믿는 여러 가지를 물건을 들고 신시내티 여성들이 살풀이를 하듯 울고 고함치고 기도하는 마지막 부분의 장면은 이 같은 흑인들의 "복합적인 종교 유산"(Bouson 193)을 반영하는 것이다.

이때 빌러비드의 모습은 빙의로 고생하는 사람의 육체에 깃든 영혼들이 빠져나가는 것과 유사한 점이 있으며, 원한을 가진 원혼이 생전에 겪은 말할 수 없는 경험에서 풀려나 자유롭게 되어 편안한 마음으로 저승을 향해 가는 것과도 유사한 점이 있다. 빌러비드는 자신의 목을 향해 뛰어오는 세스가 아닌 자신의 딸을 빼앗아가려 하는 백인을 향해 물불을 가리지 않는 새처럼 비상하는 세스를 본다.[10] 빌러비드는 말 이전의 언어로 울고 소리치는 흑인 여성들의 집단적인 애도와 마주하게 된다. 특히 이 장면에서 흑인여성들의 울부짖음은 온당한 장례절차 없이 조상들을 떠나보낸 것에 대한 반성이자 "의식을 갖춘 장례"(Wardi 47)와 같은 역할을 한다.

세스에게 있어 그것은 마치 공터가 그 열기와 터질 것 같은 나뭇잎과 함께 다시 재현되는 듯했다. 공터에서 여성들의 목소리들은 정확한 결합, 어조, 말들의 등골뼈를 부러뜨리는 소리를 찾는 듯했다. 그들은 그런 것을 찾을 때까지 목소리에 목소리를 더 했다. 그리고 그

---

10 쿨리쉬는 세스가 얼음송곳을 들고 비상하는 장면은 흑인문학에서 아주 중요한 장면이라고 설명한다. 왜냐하면 많은 아프리카계 미국 문학이 어떻게 정당한 분노가 억눌려지고 분노의 대상이 바뀌었는지에 대해 다루어왔기 때문이다. 쿨리쉬는 랠프 엘리슨의 『보이지 않는 사람』(*Invisible Man*)에 나오는 "큰 싸움"(Battle Royal)에서 열 명의 흑인 소년이 눈을 가리고 가학적인 백인에게 달려들지 못하고 서로 싸운 일, 모리슨의 『가장 푸른 눈』(*The Bluest Eye*)에 나오는 촐리(Cholly)와 달린(Darlene) 등과 리차드 라이트(Richard Wright), 앨리스 워커(Alice Walker)의 작품 속에 나타나는 비슷한 장면과 세스의 행동을 비교 하고 있다(Koolish, 2001, 185-86).

들이 그렇게 했을 때 그것은 깊은 물소리를 내고 밤나무의 꼬투리를 떨어지게 할 만큼 폭 넓은 소리의 물결이었다. 그 목소리들은 세스를 씻어 내렸고 그녀는 그 씻김 속에 세례를 받은 사람처럼 떨었다. (261)

씻김굿과 같은 해원 장면은 세스와 신시내티 공동체의 화해의 장이 되고 있다. 그리고 빌러비드는 그런 화해의 장을 마련해주고, 그들의 화해와 세스의 선택과 공동체의 합당한 애도를 확인하고 미소를 지으며 사라진다. 모리슨은 빌러비드의 미소를 통해, 그리고 빌러비드가 남긴 발자국을 통해 열린 결말을 제시하고 있다. 빌러비드는 웃으면서 사라지고, 빌러비드가 남긴 발자국은 누가 발을 올리든 그 사람의 발에 맞는 초현실적인 공간을 형성한다. 모리슨은 남아있는 발자국이라는 공간을 통해 유령의 잔재를 남겨두는 방식으로, 『빌러비드』에서 일어난 그런 비극이 다시 되풀이 되지 않게 하기 위해 희미하지만 유령의 끊임없는 간섭과 경고를 작품에 배치시키고 있다.

3. 황석영의 『손님』: 굿의 형식을 통한 유령의 해원

황석영은 "아직도 한반도에 남아 있는 전쟁의 상흔과 냉전의 유령들을 [이] 한판 굿으로 잠재우고 화해와 상생의 새 세기를 시작하자는"(「작가의 말」 262) 염원을 가지고 집필한 『손님』에서 분단 한국에서 손님과 같은 역할을 한 기독교와 마르크스주의의 폐해가 가시화된,

6·25 당시 실제로 벌어졌던 신천 양민 학살을 다루면서 이때 원한을 품고 죽은 여러 영혼들이 류요섭 목사에게 나타나 해원에 이르는 과정을 그리고 있다. 한국판 게르니카로 불려온 신천 양민 학살은 "피카소가 1951년 그린 "한국에서의 학살"(The Massacre in Korea)의 소재가 되었던 것으로 알려졌다"(김미영 3에서 재인용).

황석영은 차마 입 밖에 낼 수 없었던 학살의 결과인 유령들을 등장시켜, 이를 황해도의 망자 천도굿인 진지노귀굿 열두 마당과 연결시켜 유령의 해원 과정을 포착하고 있다.

> 작가는 이 망자를 소환하여 각자 자신의 얘기를 진술케 하고 … 마치 남미의 환상적 리얼리즘처럼, 산 자에게 죽은 자의 넋이 나타나서 과거의 진실을 이야기하고 또 서로 적대적이었던 사람들이 귀신으로 환생해서 자신의 이야기를 진술하여 궁극적으로 기독교인과 공산당원, 지주와 작인, 망자와 산 자의 화해를 꾀하는 형국이다. (강진호 47)

"다시는 반복하면 안 될 이데올로기에 대한 애도가 들어 있는"(이봉일 311) 『손님』에 등장하는 유령들은 우익 기독교 신도들이 저지른 학살의 희생자인, 기독교 청년회원인 상호와 봉수, 소작농으로 또는 머슴이나 일꾼으로 살다가 해방 이후에 마르크스주의 추종자가 된 날품팔이 출신인 이찌로라는 박일랑, 그리고 순남이 아저씨 등이다. 『손님』에서는 미국에 있는 류요섭 목사가 이산가족 상봉추진회의 도움으로 평양을 방문하여 신천 양민 학살의 현장을 방문하고, 아주 오랜만에 형수와 조카를 만나고 형의 뼈를 고향에 묻고 형이 간직하고 있던 옷을 불태우는 과정이 제시된다. 류요한 장로는 살아있을 때 자신의 집을 방

문한 류요섭 목사에게 "난 구신을 수없이 봤다."(13)고 말하며 귀신에
대해서 말한다. 그리고 동생이 떠나고 난 뒤 잠을 자다가 갑자기 깨어
나 많은 유령들을 대면하게 된다.

> 침대 발치께에 웬 사람들이 둘러서서 나를 내려다보고 있었다. 그들
> 의 모습은 각양각색이었다. 궁둥이까지 흘러내려온 아기를 연신 추
> 슬러올리며 짧은 저고리 끝으로 축 늘어진 젖 한쪽을 늘 내놓고 다니
> 던 중손이 아낙도 있고, 동네 어귀의 가겟집 안채에서 하숙하던 소학
> 교 여선생도 있고, 인민군복을 입은 단발머리의 깽깽이쟁이도 있고,
> 명선이네 자잘한 여섯명의 딸자식도 있고… 어쨌든 여자들만 올레
> 줄레 서 있었다. (18)

이 작품은 공포 영화에서 유령이 나타나듯 작품 전체에 걸쳐 많은
유령들이 갑자기 출몰하기도 한다. 다음은 비행기를 탄 류요섭 목사가
형의 유령과 대면하는 장면이다.

> 앉으려고 몸을 돌리는데 뒷전에 형의 얼굴이 보인다. 그는 그대로 눌
> 러앉는다. 요한 형의 환영을 등으로 깔아뭉개면서 요섭은 등받이에
> 푹 기대앉았다. 요섭아, 요섭아. 그는 깜짝 놀라서 궁둥이를 얼른 들
> 었다가 다시 앉았다. 요섭은 입속으로 중얼거렸다. 허튼 짓 하지 말
> 라우요. 한번 갔으문 그만이지 왜 자꾸 나타나구 기래요? 난두 너하
> 고 고향 가볼라구. … 와인을 너무 많이 마셨나. 형이 그와 한몸이 된
> 것만 같다. 요섭의 의식이 까무룩하게 흐려지고 형의 웅얼거리는 말
> 소리만 들린다. (37-38)

유령과 인간, 기독교와 한국의 무속신앙, 공산주의와 민주주의가 공존하는 이 작품에서는 기독교를 접하면서 조상을 모시던 성주단을 부수고, 마을 장승을 뽑아다가 수풀에 던져버리며 조상과 전통적인 가치관에서 멀어진 등장인물과 공산당에 입당해 무소불위(無所不爲)한 권력을 얻게 되어 인간이기를 포기한 사람들이 등장하기도 한다. 황석영은 『손님』을 통해 기독교와 마르크스주의의 충돌, 다시 말해 유입된 서구 문명의 충돌과 그로 인해 억울하게 구천을 떠돌게 된 여러 등장인물들을 다루고 있다. 황석영은 "기독교와 맑스주의는 식민지와 분단을 거쳐 오는 동안에 우리가 자생적인 근대화를 이루지 못하고 타의에 의하여 지니게 된 모더니티라고 할 수 있다."(「작가의 말」261-62)라는 말을 통해 『손님』에서 생긴 비극적인 살육의 원인을 설명하고 있다. 이 소설에 등장하는 많은 유령들 가운데서 류요섭 앞에 나타난 중년의 순남이 아저씨 유령은 "공평하게 얘기해봐야 되디 않가서. 한이 없이 가야 떠돌디 않구."(119)라는 말로 자신이 나타난 이유를 설명한다. 소설에서 여러 유령들은 자신이 겪은 끔찍한 상황을 교차진술하면서 비극의 원인을 추적하고 있다.[11] 그리고 악행을 일삼은 류요한의 뼛조각이 고향의 땅에 묻히고, 그의 옷가지가 고향의 땅위에서 불살라지고, 그가 아내와 아들에게서 용서를 받고, 원한을 가진 유령들끼리 따져 묻고 화해를 하는 과정이 제시되고 있다.

특히 이 작품에서 유령의 해원은 전통을 묵살한 가정의 후손들이,

---

[11] 황석영은 「작가의 말」에서 이 작품의 서술전략을 "나는 과거로 떠나는 '시간여행'이라는 하나의 씨줄과, 등장인물 각자의 서로 다른 삶의 입장과 체험을 통하여 하나의 사건을 모자이끄처럼 총체화하는 '구전담화'라는 날줄을 서로 엮어서 한 폭의 베를 짜듯 구성하였다."(262)라고 설명한다.

전통을 회복하거나 기독교와 전통을 모두 인정하고 뒤섞는 장면을 통해서 더욱 강조되고 있다. 『손님』에서는 어느 하나의 종교나 주의를 신봉했던 등장인물의 후손들이 조상들이 이루지 못한 혼성화를 이루며 영혼들을 천도(薦度)하고 있는데, 이 소설에서는 기독교를 신봉하는 등장인물인 형수가 남편의 제사를 지내는 장면에서 그런 초월적인 태도 (대안적인 행동)가 극화되고 있다. 그리고 류요섭과 그의 형수, 그리고 삼촌 안성만[12]은 이 작품에서 매개자의 역할을 하고 있는 인물로 억울한 넋의 사연을 들어주며 달래주는 역할을 하고 있다. 『손님』의 9장 "길 가르기"에는 유령이 이 세상을 떠나는 장면이 등장한다.

자자, 이젠 돼서. 그만들 가자우.
순남이 아저씨의 헛것이 말했고 일랑이도 그 옆을 따른다.
그래, 가자우.
다른 남녀 헛것들도 벽에서 스르르 일어나 바람에 너울대는 헝겊처럼 어둠속으로 사라지기 시작했다. 아득하게 먼곳에서 누군가의 목소리가 들려왔다.
서루 죽이구 죽언 것덜 세상 떠나문 다 모이게 돼 이서.
요한이 아우에게 말했다.
이제야 고향땅에 와서 원 풀고 한 풀고 동무들두 만나고 낯설고 이두

---

12 현길언은 중립적인 인물인 외삼촌에 대해 "'외삼촌' 속에는 민족과 마르크스와 기독교인의 모습이 뒤섞여 있다. … 그는 '조선적 마르크스주의자'다. … 그는 어떻게 보면 류요섭과 순남이 아저씨와 박일랑, 그리고 당시 비극을 증언했던 살아있는 사람들을 혼합한 인물이다."(50)라고 말하며 외삼촌이 『손님』에서 중요한 등장인물이라고 평하고 있다. 정호섭도 외삼촌 안성만에 대해 "『손님』에서 창조된 가장 '문제적인' 인물이다. … '매개적 인물' … 풍부한 현실성과 포용성을 지니고 있다"(320)라고 말하며 외삼촌의 인간적인 면모를 높이 평가하고 있다.

운 데 떠돌지 않게 되었다. 간다, 잘들 있으라. (250)

『손님』에서 유령들이 해원하는 것은 매개자의 역할 때문이기도 하지만 유령들과 생존자 사이의 다층적인 대화를 통한 소통 때문에 해원이 이루어지기도 한다. 『빌러비드』에서도 각각의 등장인물들은 노예제의 해악으로 서로가 정보를 공유하지 못한다. 빌러비드와 대서양 중앙 항로를 통해 미국으로 오는 노예선에서 죽은 사람들의 유령들은 살아있는 사람들의 입장이 되어보지 못하고, 미국에서 억울하게 세상을 떠난 혼령들도 생존자들이 왜 적당한 애도를 하지 않았는지 서로 알 수 없는 것이다.

『빌러비드』에서처럼 『손님』에서도 "티끌처럼 많이"(58) 나타나는 유령들은 유령들끼리뿐만 아니라 살아남은 사람과도 서로의 입장에 대해서 따져 묻기를 통해 서로가 처한 입장을 이해해야 한다. 모리슨이 다중적인 서술전략을 구사하여 한 사건을 여러 등장인물들의 시점에서 교차서술 하도록 한 것처럼, 황석영도 죽은 사람들과 살아남은 사람들의 교차진술을 통해 한국인에게 있어 "손님"과도 같은 기독교와 마르크스주의 때문에 왜 서로가 죽여야 했는지에 대해서 원인을 추적하게 하고 있다. 황석영은 유령의 이야기하기를 통해 "이념이나 체제에 대한 허상의 폭로를 통해 그 전쟁의 희생자인 혼령을 위로하고 그들을 천도한다"(김형수 109).

특히 『손님』의 서술전략은 굿을 기본적인 토대로 등장인물과 유령들 간의 서로 따지기, 입장 바꿔 생각하기, 유령들의 넋두리를 들어주기[13] 등을 포함하고 있다. 『손님』의 차례는 이작품의 서술전략을 한

눈에 파악할 수 있게 하고 있다.[14]

황석영의 천도 굿과 유령들이 해원을 이루는 장면은 모리슨의『빌러비드』의 마지막 장면에서 신시내티 마을 여성들이 세스를 위해 통곡하고 기도하며 마치 씻김굿을 하는 장면과 상호텍스트적인 관계에 놓여있는 장면이다. 황석영과 모리슨은 정통종교로 인식되는 기독교의 의식이 아닌 대대로 전해진 신념과 미신, 전통문화와 뿌리가 스며든 의식을 혼성화시키면서 유령이 해원되는 과정을 포착하고 있다. 이정희는 소설가를 굿쟁이로 비유하며 다음과 같이 굿을 설명한다.

죽은 자들에 대한 기억을 제의로 끌어올리는 사람들이 있다. 사제든 만신이든 이야기꾼이며, 이야기꾼 소설가도 때로는 굿쟁이다. 우리 굿은 죽은 사람의 넋을 공수하여 산자들의 삶에 개입하는 서사 담론의 체계로 읽을 수 있다. … 죽은 자의 넋의 한을 풀어준다는 씻김굿도 그 심층 구조를 읽으면 산 자들이 죽은 자들에게 가한 '폭력'과 그로 인한 죄책과 공포를 씻으려고 하는, 산 자들 스스로를 위한 굿

---

13 이 작품에서 유령들의 넋두리를 들어주는 가장 중심적인 인물은 목사인 주요섭이다. 주요섭 외에도 외삼촌 안성만도 같은 역할은 한다. 유령들이 출몰할 때 기도를 하지 않느냐고 묻는 주요섭의 질문에 외삼촌 안성만은 "기런 때엔 기도허는 거이 아니다. 나타나문 보아주구 말하문 들어주는 게야."(176)라고 하면서 유령들의 이야기를 들어주는 행위 그 자체가 중요함을 강조한다.

14 『손님』의 차례는 다음과 같다. 1장 부정풀이: 죽은 뒤에 남는 것, 2장 신을 받음: 오늘은 어제 죽은 자의 내일, 3장 저승사자: 망자와 역할 바꾸기, 4장 대내림: 살아남은 자, 5장 맑은 혼: 화해 전에 따져보기, 6장 베 가르기: 신에게도 죄가 있다, 7장 생명돋움: 이승에는 누가 살까, 8장 시왕: 심판마당, 9장 길 가르기: 이별, 10장 옷태우기: 매장, 11장 넋반: 무엇이 될꼬 하니, 12장 뒤풀이: 너두 먹구 물러가라. 『손님』의 서술전략은 모리슨의 『빌러비드』와 유사한 점이 많은데 "기본적인 서술체계는 삼인칭 … 삼인칭 시점과 일인칭 서점의 자유로운 교체가 이루어지고 있다. … 일인칭 초점화자들의 시선이 반복적으로 교차되고 있다"(김형수 109).

이다. (390)

황석영은『손님』에서 한국의 "민중연희인 '굿'을 이용하여 제국주의, 식민주의 담론이 붕괴시킨 한 마을의 공동체 의식을 봉합"(김미영 6)하고 있는데, 이는 노예제도로 해체된 신시내티 공동체가 빌러비드의 출몰과 사라지는 과정에서 다시 공동체 의식을 회복하는 것과 유사하다.

『빌러비드』와 굿의 서사를 차용한『손님』의 두드러진 특징 가운데 하나가 등장인물 각자의 시점에 따라 교차되는 서술이다. 황석영은 잊힌 망자들을 무덤에서 끌어내어 그들에게 목소리를 부여하고, 떨쳐낼 수 없는 과거의 짐을 진 사람들을 새로운 인식의 장으로 이끌고 있다. 유령들의 교차진술은 "특정한 역사적 · 문화적 패러다임이 다른 문화권에 여과 없이 강요될 때 그것의 폭력성과 한계가 선명하게 드러나게"(고인환 282) 한다. 또한 유령들의 교차진술은 한 사건을 다양한 프리즘을 사용하여 다각적으로 보게 만들고 있다. 유령들의 원한은 서로 상대방의 입장을 모르는 상태에서 생기게 된다. 황석영은 기독교 신자, 소작농, 마르크스주의 신봉자, 지주 등 다양한 사람들의 유령이 나타나 자신이 처한 상황을 설명하고 변호하게 하는 과정에 이들의 서술이 얽히고 풀리게 하여 상호이해를 이룰 수 있게 하며 궁극적으로 이러한 말하기 → 상대방의 입장 되어 보기 → 공감하기 → 이해하기 → 용서하기 등의 과정을 보여주고 있다. 억울하게 죽은 순남이 아저씨의 헛것은 많은 유령들이 모인 자리에서 "죽으문 자잘못이 사라지디만 짚어넌 보구 가야디."(194)라는 말로 자신들이 출몰하는 이유를 설명한다. 『빌러비드』에서도 이 같은 서술전략은 반복적으로 나타나고 있다. 특히 빌러비드의 노예선 회상장면, 아프리카 회상장면 등은 시간과 공간을 초월한 유령의 목소리로 증언되고 고발되는 유령들만이 알고 있는 사건들을 복원시키며 정당한 애도를 요구하는 것으로 해석될 수 있다.

4. 맺음말

지금까지 살펴본 모리슨의 『빌러비드』와 황석영의 『손님』은 유령의 귀환을 다루는 작품들로써 작품속의 유령들은 살아있는 사람들과 화해를 하거나 뒤에 남은 사람들의 일상에 긍정적인 변화를 일으키는 역할을 하고 있다. 『빌러비드』의 경우 빌러비드의 출현으로 덴버는 생존을 위해 124번지 밖으로 걸어 나가서 세상을 경험해야 하고, 용기 있는 덴버의 행동이 시발점이 되어 신시내티 공동체 구성원들은 와해된 공동체 정신을 회복하게 된다. 또한 한평생 죄책감으로 시달린 세스의 경우, 얼음송곳을 들고 가해자라고 착각한 보드윈을 향해 비상하면서 죄책감에서 해방되고 여럿이자 하나인 빌러비드와 화해를 이룬다. 세스는 빌러비드로부터 용서를 받았다고 생각하며 폴 디와 덴버, 그리고 신시내티 공동체의 도움을 받으면서 새로운 삶을 준비한다.

황석영의 『손님』은 이국적인 기독교와 마르크스주의로 비롯된 피바람의 희생자들이 기나긴 교차진술을 통해, 그리고 황석영의 씻김굿을 동원한 서술양식을 통해 천도되는 과정을 포착하고 있는 소설이다. 황석영은 여러 목소리들의 충돌과 교차를 통해 일방적으로 주입된 정보들을 전방위적으로 소통시키고 있으며, 악행을 일삼은 류요한을 용서하고 목사의 딸이지만 남편에게 제사를 지내는 형수와 기독교와 마르크스주의를 모두 수용하면서 북한의 공산체제에서도 생존할 수 있는 삼촌 안성만과 유령의 관계를 통해 유령의 해원과 산자의 생존전략을 동시에 강조하고 있다.

이 두 소설에 나타나는 유령들은 서양과 동양의 차이가 있음에도 불구하고 살아남은 자들에게 잊힌 과거를 집요하게 기억하게 하고, 『빌러비드』에서 녹슨 폴 디의 담뱃갑이 열리듯, 닫혀 있던 상흔 투성이의 과거가 희망적인 미래를 향하여 열리게 하는 역할을 한다. 모리슨과 황석영의 작품 속에 등장하는 유령은 등장인물과 화자가 되기도 하며, 다른 등장인물들에게 거울과 같은 역할을 하면서 등장인물들이 서로 화해와 상생의 길을 가도록 하고, 자신들은 해원을 이루어 텍스트 밖으로 걸어 나간다. 이 소설들에 나타난 유령들은 인간의 이성과 감성, 상상력을 자유롭게 왕래하는 트릭스터(Trickster)들처럼, 때로는 경고하는 듯한 역할을 하기도 하고, 때로는 억울하게 죽어 응당 받아야 할 적법한 장례식도 가질 수 없어서 구천을 떠도는 한 맺힌 모습을 하기도 한다. 동서양을 막론하고 문학작품에는 많은 유령들이 출몰하다가 사라지고, 어떤 작품에서는 계속 머물기도 한다.[15] 유령의 존재방식과 유령

---

15 자모라는 최근 아메리카 문학에 대해 "실체 없는 영기가 너무나 다양하고 풍부하게 나타난다. 카를로스 푸엔테스의 『아우라』, 레슬리 마몬 실코의 『의식』, 루이스 어드릭의 『발자취』, 호세 도노소의 『광야의 집』, 존 크롤리의 『작은 거인』, 멕시코와 모르코에서 출간된 유령 이야기 선집인 『치명적 키스와 다른 포르투갈 이야기들』에 담긴 폴 볼스의 뛰어난 단편 「페르난데스/조이스 캐롤 오츠」 등을 예로 들 수 있다."(329)라고 설명한다.

의 귀환에 대한 연구는 특정한 시공간에 이루어진 폭력을 재조명하고, 역사에서 잊히고 삭제되고 희석된 존재를 무덤에서 다시 불러내어 그들이 배제당하고 누락된 사연을 듣는 일이기에 앞으로도 문학작품 속의 유령은 계속해서 나타날 것이고 다양한 유령에 대한 연구도 계속될 것이다.

| 참고문헌 |

강진호. 「소설 교육과 타자의 지평-황석영 소설을 중심으로」. 『문학교육학』
    13 (2004): 33-62.

고인환. 「황석영의 『손님』 연구-탈식민주의 담론의 현재적 가능성을 중심으
    로-」. 『한국학논집』 39 (2005): 281-98.

김미영. 「황석영 소설에 나타난 탈식민주의 고찰」. 『한국언어문화』 26 (2004):
    125-52.

김애주. 「토니 모리슨의 『비러비드』: 환상 문학으로 본 비러비드의 정체성」.
    『외국문학』 52 (1997): 164-78.

김형수. 「분단의 형이상학을 넘어 민족의 해원(解冤)에 이르는 길-황석영의
    『손님』 읽기」. 『사림어문연구』 14 (2001): 103-18.

신진범. 「아프리카계 미국소설에 나타난 억눌린 이산종교의 회귀: 찰스 체스
    넛, 조라 닐 허스턴, 토니 모리슨, 이슈마엘 리드, 글로리아 네일러의 작
    품을 중심으로」. 『영어영문학 연구』 48.2 (2006): 205-22.

유제분. 「환상과 사실주의 문학-미국에 있어서 에스닉 문학의 정체성과 재현
    의 문제」. 『영어영문학』 49.3 (2003): 651-69.

이명호. 「사자(死者)의 요구: 토니 모리슨의 『빌러비드』 읽기」. 김미현, 이명호
    편. 『토니 모리슨』. 서울: 도서출판 동인, 2008. 199-235.

이봉일. 「라캉의 정신분석 담론을 통해본 황석영의 <손님>론」. 『현대소설연구』
    32 (2006): 311-31.

이정희. 「유령을 재울 것인가, 기억에 몸을 입힐 것인가: 『손님』의 민중 신학적
    읽기」. 『당대비평』 17 (2001): 382-92.

자모라, 로이스 파킨슨. 「마술적 로망스/마술적 사실주의: 미국 및 라틴아메리

카 소설 속의 유령」. 자모라, 로이스 파킨슨 외. 우석균, 박영규 외 공역. 『마술적 사실주의』. 서울: 한국문화사, 2003. 323-94.

자모라, 로이스 파킨슨 외. 우석균, 박영규 외 공역. 『마술적 사실주의』. 서울: 한국문화사, 2003.

정주영. 「'육천 만 이상'을 위한 한 판의 굿, 『빌러비드』: 한국 샤머니즘과 분석심리학의 관점으로」. 『영미어문학』 104 (2012): 119-44.

정홍섭. 「이야기로 풀어낸 역사와 신화화된 이야기 ─ 황석영의 『손님』과 이정춘의 『신화를 삼킨 섬』」. 『실천문학』 71 (2003): 312-32.

현길언. 「한국현대 소설과 정치성」. 『현대소설연구』 18 (2003): 29-54.

황석영. 『손님』. 창작과비평사, 2001.

_____. 「작가의 말」. 『손님』. 창작과비평사, 2001. 260-62.

Bouson, J. Brooks. *Quiet As It's Kept: Shame, Trauma, And Race in The Novels of Toni Morrison*. Albany: State U of New York P, 2000.

Dubey, Madhu. "The Politics of Genre in *Beloved*." *Novel* 32.2 (1999): 187-206.

Feffer, John. "Writers from the Other Asia." *Nation* 283.8 (2006): 31-36.

Hamilton, Cynthia S. "Revisions, Rememories and Exorcisms: Toni Morrison and the Slave Narrative." *Journal of American Studies* 30.3 (1999): 429-45.

Holloway, Karla F. C. *Moorings & Metaphors: Figures of Culture and Gender in Black Women's Literature*. New Jersey: Rutgers UP, 1992.

Koolish, Lynda. "Fictive Strategies and Cinematic Representations in Toni Morrison's *Beloved*: Postcolonial Theory/Postcolonial Text." *African American Review* 29.3 (1995): 421-38.

_____. ""To be Loved and Cry Shame": A Psychological Reading of Toni Morrison's *Beloved*." *MELUS* 26.4 (2001): 169-95.

Morrison, Toni. *Beloved*. London: Picador, 1987.

_____. "Memory, Creation, and Writing." *Thought* LIX.235 (1984): 385-90.

_____. "Rootedness: The Ancestor as Foundation." *Black Women Writers (1950-*

1980): A Critical Evaluation. Ed. Mari Evans. New York: Anchor Press, 1984. 339-45.

Ramos, Peter. "Beyond Silence and Realism: Trauma and the Function of Ghosts in *Absalom, Absalom!* and *Beloved.*" *The Faulkner Journal* 23.2 (2008): 47-66.

Redding, Arthur. ""Haints": American Ghosts, Ethnic Memory, and Contemporary Fiction." *Mosaic: A Journal for the Interdisciplinary Study of Literature* 34.4 (2001): 163-84.

Rodrigues, Eusebio L. "The Telling of *Beloved.*" *Understanding Toni Morrison's Beloved and Sula: Selected Essays and Criticisms of the Works by the Nobel Prize-winning Author.* Solomon O. Iyasere & Marla W. Iyasere eds. New York: Whitston Publishing Company, 2000. 61-82.

Smith, Valerie. ""Circling the Subject": History and Narrative in *Beloved.*" *Toni Morrison: Critical Perspectives Past and Present.* Henry Louis Gates Jr. & K. A. Appiah eds. New York: Amistad Press, 1993. 342-55.

Wardi, Anissa J. "Inscriptions in the Dust: *A Gathering of Old Men* and *Beloved* as Ancestral Requiems." *African American Review* 36.1 (2002): 35-53.

* 이 글은 「원혼의 해원(解冤): 토니 모리슨의 『빌러비드』와 황석영의 『손님』」(『영어영문학연구』 51권 4호, 2009, 279-95)을 수정, 보완한 것임.

토니 모리슨의 『빌러비드』: 영화와 소설 비교

1

토니 모리슨(Toni Morrison)의 『빌러비드』(*Beloved*, 1987)는 1999년에 같은 제목으로 조나단 드미(Jonathan Demme) 감독에 의해 영화화되었다. 모리슨의 소설이 영화로 재탄생하는 데 가장 큰 역할을 한 사람은 나이든 세스(Sethe) 역할을 한 오프라 윈프리(Oprah Winfrey)였다. 윈프리는 소설을 읽고서 곧 바로 영화로 만들어야겠다는 계획을 세웠고, "10년에 걸친 부단한 노력"(Travers 79)을 한 후 소설을 영화로 만들었다.[1]

---

[1] 윈프리는 자신이 태어난 이유가 『빌러비드』를 스크린에 옮기기 위한 것처럼 느꼈다고 말한 바 있다("Post People", 12). 윈프리는 <빌러비드>에서 세스의 역할을 하기 위해 집의 서재 벽을 온통 노예와 관련된 사진으로 꾸미고, 이름 없이 잊힌 많은 흑인 영령들에게 자신을 도와달라고 애원하기도 했다. 영화 제작과 관련된 윈프리의 노력에 대해서는 "The Courage to Dream!"과 윈프리를 참고할 것. 윈프리의 경우 지

<빌러비드>(*Beloved*)의 평가는 대체적으로 부정적인 평이 더 많고, 길이와 배역 등에서 문제점을 지적하기도 하지만 전체적으로 영화의 가치를 재발견하는 논평들도 많이 있다. 비평가들은 주로 배우들이 배역을 잘 소화해 냈는가에 대해 많은 평을 하고 있는데 빌러비드를 연기한 탠디 뉴턴(Thandie Newton)은 부정적인 평가를 받고 있고, 윈프리가 연기한 세스의 경우 다소 과장된 연기를 했다는 평가를 받고 있으며, 덴버(Denver)로 등장한 킴벌리 엘리스(Kimberly Elise), 베이비 석스(Baby Suggs)를 연기한 베아 리차즈(Beah Richards), 폴 디(Paul D.)를 연기한 대니 글로버(Danny Glover), 세스의 어린 시절을 연기한 리사 게이 해밀턴(Lisa Gay Hamilton) 등은 비교적 호평을 받고 있다.

이 영화는 흑인 문학 작품을 영화로 옮긴 영화나 일반 흑인영화들[2]에 비해 상영시간이 174분이나 되어서 관객들이 몰입할 수 없게 만드는 단점이 있고, 방대한 소설의 복잡한 스토리를 소화해내지 못하고 있는 부분들이 자주 등장한다. 또한 <양들의 침묵>(*The Silence of the Lambs*)과 <필라델피아>(*Philadelphia*)를 감독한 백인 남성인 드미 감독이 흑인 여성의 텍스트를 충분히 이해하고 영화를 제작했는지에 대한 의구심이 들게 만드는 작품이기도 하다. 그리고 각본의 경우 아코수아 버

금까지 앨리스 워커(Alice Walker)의 <컬러 퍼플>(*The Color Purple*)을 1985년에 제작했고, 조라 닐 허스턴(Zora Neale Hurston)의 <그들의 눈은 신을 쳐다보고 있었다>(*Their Eyes Were Watching God*)를 2005년에 제작했다. 그리고 <컬러 퍼플>에서는 직접 억척스러운 소피아(Sofia) 역을 맡기도 했다.

2 흑인 영화 가운데 대표적인 영화로는 1977년에 12시간짜리 텔레비전 영화로 만들어져 "1억 3천 명 이상의 사람들이 관람한"(Terrell 74) 알렉스 헤일리(Alex Haley)의 <뿌리>(*Roots*), 1989년에 출시되어 아카데미상을 3개나 수상한 미국 최초 흑인 부대를 다룬 <글로리>(*Glory*), 노예무역과 노예선 반란을 다룬 <아미스타드>(*Amistad*)와 <컬러 퍼플> 등이 있다. 흑인 영화에 대해서는 자네티의 책 443-53을 참고할 것.

시아(Akosua Busia), 리차드 리그라비네스(Richard LaGravenese), 그리고 애덤 브룩스(Adam Brooks)가 함께 작업을 했기 때문에 일관성에 있어서 다소 집약적이지 못하고 흩어지며, 소설을 총체적으로 이해했다기보다는 퍼즐이나 퀼트처럼 이해하고 각본을 썼다는 생각을 들게 한다.

소설 『빌러비드』에서는 한 맺힌 빌러비드의 영혼이 처음에는 원혼으로 124번지를 장악하고, 폴 디가 와서 고함을 쳐서 쫓아낸 이후에는 처녀의 몸으로 물속에서 걸어 나와 124번지에 도착하게 된다. 영화에서 인간의 몸으로 저승에서 현세로 온 빌러비드의 몸은 야성으로 가득차고 너무나 그로테스크한 모습으로 등장하고 있다. 여러 학자들은 빌러비드의 언행이 마치 <엑소시스트>(*Exorcist*)나 <폴터가이스트>(*Poltergeist*)[3]와 유사해서 소설에서 볼 수 있는 빌러비드의 진정성을 대변하지 못한다고 주장하고 있다.[4] 빌러비드는 모리슨이 이 소설을 헌정한 "육천만 명 이상"(Sixty Million and More)의 흑인들-노예선을 타고 대서양 중앙 항로로 끌려오다 죽거나 노예제도 하에서 죽은 무수한 흑인들-이자, 세스가 목 잘라 죽인 막내딸이다. 하지만 영화에서 빌러비

---

3 "폴터가이스트"라는 단어의 뜻은 "시끄러운 소리를 내는 장난꾸러기 요정"이다. <빌러비드>에서 가구가 움직였듯이 <폴터가이스트>에서도 갑자기 집에 있는 가구와 물건들이 저절로 움직이는 현상이 벌어진다. 가족들은 이런 현상이 TV와 교신하는 막내딸과 관계가 있음을 알아내고는 공포에 휩싸인다. 그러던 어느 날 집 앞의 나무가 움직이고 천둥이 치면서 집기류가 난동을 부리는 와중에 막내딸이 실종된다. 가족들은 초심리학자를 초대하여 막내딸을 찾지만 텔레비전에서 도와달라는 소리만 들릴 뿐 초심리학자도 원인을 찾아내지 못한다. 단지 그 집터가 원래 공동묘지였다는 사실만 밝혀진다.

4 리처드 블레이크(Richard Blake), 존 C. 티벳츠(John C. Tibbetts), 브라이언 D. 존슨(Brian D. Johnson)의 글을 참고할 것. 존슨은 드미 감독이 이 영화를 마술과 현실 사이의 중간지역에서 헤매게 했다고 혹평을 하였다(Johnson 85).

드는 세스의 딸로 더 많이 조명되고 있으며, 두 세상을 넘다 들며 세스에게 치유자의 역할과 더불어 파괴자의 역할을 하는 소설에서의 모습을 잃어버리고, 이상한 소리를 지르며, 기괴하게 걸어다니고 어린아이처럼 투정을 하는 모습만 보이다가 마지막 장면에서 갑자기 소리를 지르다 사라지고 만다.

2

소설 『빌러비드』와 영화 <빌러비드>에서 가장 큰 차이를 보이는 것 가운데 하나가 빌러비드가 나타나고 떠나는 장면이다. 영화에서 빌러비드가 인간의 몸으로 돌아오는 장면에서는 곤충들이 윙윙거리는 소리와 나비와 수많은 무당벌레가 등장한다. 특히 많은 무당벌레는 빌러비드의 온몸으로 기어다니면서 괴기스러운 분위기를 형성하고 있다. 소설에서는 깨끗한 신발과 옷을 입고 몸을 가누지 못해서 나무에 의지한 채 등장하지만 영화에서는 여러 곤충들의 이미지를 동원하여 저승에서 현실로 돌아온 빌러비드를 포착하고 있는데 이 장면은 괴기스러운 장면으로 변해 감독이나 카메라 감독이 원했던 효과를 거두지 못하고 있다고 할 수 있다.[5]

특히 영화에서 무당벌레 외에도 들판에서 자유롭게 뛰어다니는

---

[5] 이 영화를 블랙 호러 영화와 트라우마 영화로 분석한 엘렌 C. 스코트(Ellen C. Scott)는 이 영화의 포스트에 대해서 긍정적이고 다양한 해석을 하고 있다. 스코트에 따르면 빌러비드가 나무에 기대 있는 장면은 린치를 당한 모습과 흐느적거리는 허수아비, 십자가에 못 박힌 예수 그리스도와 비슷하다(Scott par. 15).

동물과 날아다니는 곤충들—새, 벌, 애벌레, 나비, 꽃, 여우, 철새—과 나무들을 뒤흔드는 바람이 자주 등장하고 있는데 이는 애니사 재닌 와디(Anissa Janine Wardi)가 지적했듯이 빌러비드를 야성적이고 거친 자연과 연결시키기 위한 감독의 노력인데 동물이 등장하는 장면들은 영화의 주제를 부각시키기보다는 초점을 잃게 하고 있다(520).[6]

또한 영화에서 빌러비드의 언행은 왠지 괴기스럽고 부자연스러운 점들이 있다. 소설에서 빌러비드는 처음에는 어린아이처럼 행동하지만 시간이 흐름에 따라 "비교적 자신의 목소리를 내면서"(Tibbetts 76) 조금씩 성숙해 가고 있다. 하지만 영화는 그와 같은 느리지만 섬세한 변화를 포착하지 못하고 있다. 다음은 빌러비드 역을 맡은 뉴턴이 빌러비드 역을 준비하면서 드미 감독이 준 자료를 참고했다는 내용의 인용이다.

> "드미 감독은 저에게 아이티의 신들림 현상을 다룬 몇 편의 비디오를 주었는데 그것이 도움이 되었어요. … 또한 나는 정신병과 관련된 자료들을 보기 시작했어요. 그때 우연하게도 좋은 자료를 발견했어요. 아기 때부터 유아용 변기에 묶여 있었던 14살 된 소녀에 대한 자료를 보게 되었어요. 그 아이는 걸을 수도 말할 수도 없었고 기저귀를 차

---

6 와디는 영화와 소설에 등장하는 카니발에 대해 분석하고 영화 속 빌러비드도 카니발에 나오는 기형적인 인물로 해석될 위험이 있다고 지적하며 영화 속에 등장하는 동물들과 빌러비드의 관계에 대해 "… 영화는 그녀(빌러비드)의 실재를 암시하기 위해 야생동물의 형상을 이용한다. 산포해 있는 야생동물 장면은 빌러비드의 출현을 강조하는데, 이 같은 사실은 빌러비드의 비인간적인 행위를 암시한다. 영화에서 추가된 거의 모든 장면들은 야생동물들 즉, 여우들, 오리들, 사슴들, 이주하는 새들이다. 이렇게 자연으로 후퇴하는 것은 아름답게 보일지 모르겠지만 빌러비드의 야성을 강화하는 것이다."(520)라고 말한다.

고 있었어요. 제가 찾은 그 자료는 그 소녀에 대해 신문 잡지 기자가
쓴 책이었어요. 저에게 있어서 그 소녀가 바로 빌러비드였어요."
(Chambers 74)

드미 감독이 뉴턴에게 준 자료 중『빌러비드』와 관련이 있는 자료
는 아이티의 부두교(Voodoo)에서 볼 수 있는 신들림 현상을 다룬 비디
오였을 것이다. 하지만 <빌러비드>에서 뉴턴은 신들린 인물을 연기하
기보다는 위에서 언급한 정신병과 관련된 자료에서 본 소녀를 흉내 낸
것 같아 보인다. 이 외에도 뉴턴은 자신의 목소리 흉내 내기는 영화
<스타 워즈>(Star Wars)에 나오는 요다(Yoda)를 흉내 내면서 연습했다
고 말한 바 있다(Wardi 525).

소설에서 빌러비드는 아프리카에서 꽃을 꺾은 경험, 노예선에서
여러 사람들과 함께 지내던 일, 노예선에서 성폭행을 당한 경험과 죽은
흑인노예들이 바다로 버려진 일들을 이야기한다. 또한 다리 위에서 어
머니를 기다렸는데 어머니가 오지 않았다고 말하면서 자신의 존재가
여럿이자 하나라는 사실을 거듭 강조하고 있다. 하지만 영화에서는 숨
막히는 노예선상의 현실에 대해서는 빌러비드가 조금 이야기를 하고
있지만, 아프리카와 미국에서의 경험한 일에 대해서는 아주 짧게 말하
거나 생략이 되어 있어, 빌러비드의 다중적인 정체성이 설득력 있게 다
루어지지 않고 있으며 세스의 딸로서의 역할만 주로 부각된다.

드미 감독은 세스 배역에 큰 비중을 두었고 어린 세스 역할은 해
밀턴이 맡고 나이가 많은 세스는 윈프리가 맡았다. 영화에서 세스 역할
을 한 해밀턴이 오하이오 강에서 에이미 덴버(Amy Denver)의 도움을

받고 덴버를 출산하는 장면은 드넓은 오하이오 강을 배경으로 감동적인 영상과 그에 어울리는 보컬 음악이 울려 퍼지는 장면이 연출되면서, 당시 "탈주 노예를 도와주던 비밀 조직"(Underground Railroad)의 활약상이 소개된다. 스탬프 페이드(Stamp Paid)는 갓 태어난 덴버를 안고 숨어 있던 세스를 작은 배로 강 반대편으로 실어 나른다. 영화는 이 같은 비밀 조직이 맡았던 임무의 일부분을 묘사하고 있고 세스의 대사에서 스탬프 페이드와 엘라(Ella)가 목숨을 걸고 활동했던 비밀 조직이 짧게 언급되고 있는데, 소설의 경우 베이비 석스가 살고 있던 124번지가 신시내티 공동체 구성원들에게 그와 같은 비밀 조직과 같은 역할을 한 공간이었다는 것을 여러 번 강조해서 표현하면서 마을 공동체의 구심점이었던 장소가 유령이 지배하는 폐쇄된 공간으로 변하게 된 것을 대조시키고 있다.

영화에서 폴 디의 배역은 대부분 긍정적인 평가를 받고 있다. 하지만 소설에서는 폴 디와 관련된 중요한 몇 가지 일들이 깊이 있게 다루어지는 반면 영화에서는 그러한 요소들이 무시되거나 거의 언급되고 있지 않다. 세스와 빌러비드, 덴버가 흑인 여성의 처참한 삶을 보여준다면 폴 디와 핼리(Halle), 그리고 식소(Sixo), 스탬프 페이드, 폴 에이(Paul A.) 등은 그 당시 흑인 남성의 처절한 삶을 조명하는 역할을 하고 있다. 화형을 당하면서도 자신의 자손이 사랑하는 여인의 뱃속에서 자라고 있다는 생각에 목청이 터져라 웃는 식소의 사랑이야기도 영화에서는 볼 수 없다. 폴 디와 관련하여 소설에서 중요하게 소개되는 두 가지가 수탉 미스터(Mister)를 바라보는 폴 디의 모습과 빌러비드와 성관계를 할 때 기적적으로 열리는 담뱃갑이다. 폴 디는 재갈이 물리고 양손이 묶인 채 끌려가며 혼자 알을 깨고 나올 수 없어서 자신이 부화하는 것을 도와준 수탉 앞을 지나며 자신의 존재가 수탉보다 못하다고 생각한다.

> 미스터는 있는 그대로의 자신이 될 수 있었고 그 상태로 머물 수 있었다. 하지만 나는 있는 그대로의 내 자신이 될 수도 없었고 그 상태로 머물 수도 없었다. 미스터를 요리해서 먹는다 해도 미스터라는 이름이 있는 수탉을 요리하는 것이다. 하지만 살든 죽든, 내가 다시 폴 디가 될 수 있는 방법은 없었다. 학교선생이 나를 변하게 했다. 나는 다른 어떤 존재였고 그 존재는 햇빛을 받으며 함지 통 위에 앉아있는 닭보다 못한 존재였다. (72)

조지아의 앨프레드 수용소에서 인간 이하의 수모를 겪고[7], 눈앞에서 형제들이 팔려가거나 교수형 당하는 것을 보고, 핼리가 미친 모습을 보고, 식소가 불에 타서 죽어가며 총살당하는 모습을 보고, 자신의 존재가 수탉보다 못하다고 생각하는 폴 디는 말 그대로 남성성이 거세된 모습으로, 들판의 돌멩이나 나무같이 해롭지 않은 것이나 "풀잎, 불도마뱀, 거미, 딱따구리, 딱정벌레, 개미들의 왕국"(162) 등을 아주 조금만 사랑하는 사람이다. 폴 디는 자신이 목에 두르고 다니는 담뱃갑에 "앨프레드 수용소, 조지아 주, 식소, 학교선생, 핼리, 형제들, 세스, 미스터, 강철의 맛, 버터의 기억, 히코리의 냄새, 공책"(113)과 관련된 상흔들을

---

7 폴 디가 앨프레드 수용소에서 마치 관이나 우리 같은 커다란 구조물 안에 감금되기도 하며 강제 노동에 시달린 것과 미국의 초기 감옥 시설에 관한 연구는 데니스 차일즈(Dennis Childs)의 글을 참고할 것. 소설에서는 폴 디가 여러 장소에서 다섯 번이나 탈출을 시도했지만 영화에서는 거의 다루어지지 않고 있다.

가두어 놓고, 이 세상의 어느 것도 이 담뱃갑을 열 수 없을 것이라고 생각한다.

하지만 이 담뱃갑은 빌러비드와 폴 디가 헛간에서 사랑을 나눌 때 기적적으로 열리게 된다. 영화는 소설에서 중요하게 다루고 있는 "자유를 구체화한 형상이자, 남성성의 메타포인"(Harris 181) 수탉이 등장하는 장면과 폴 디의 담뱃갑이 기적적으로 열리는 순간을 다루지 않고 있다. 그리고 폴 디와 빌러비드가 관계를 맺는 장면은 무엇인가에 홀려 자신의 의지와 상관없이 빌러비드와 관계를 맺지만 "붉은 심장"(Red heart)이라고 외치며 자신의 상흔을 극복하고 이상하고도 기적적인 치유를 경험하게 되는 과정을 세밀하게 묘사하고 있는데, 영화에서는 폴 디와 빌러비드의 치유적인 몸짓을 극화하지 못하고, 헛간에서 붉은 빛이 발산하는 것으로 묘사하고 있다.

『빌러비드』에서 모리슨은 다층적인 서술전략을 통해 세스의 유아 살해사건을 여러 각도에서 관찰할 수 있게 하는 동시에 각 서술들을 차이 있게 반복해서 특정 사안을 강조하는 의도로 사용한다. 특히 빌러비드, 세스, 덴버의 내면독백이 서로 섞이면서 서로가 그동안 숨겨왔던 속마음을 이야기하는 장면은 소설의 명장면 가운데 속한다고 할 수 있을 것이다.[8] 하지만 영화에서는 소설속의 내면독백이나 다중시점의 역할을 대신하면서 비슷한 효과를 주는 기법들이 부각되지 않는다. 대신 영화는 자주 플래시백 기법을 사용하여 과거의 일을 재현하는데, 이 영

---

8 린다 쿨리쉬(Lynda Koolish)는 모리슨이 독백 장면에서 영화의 점프 컷(jump-cut) 기법을 동원해서 불쾌감, 혼돈, 부조화 등의 효과를 누리고 있다고 설명한다(423). 점프 컷은 장면들 간의 비약적인 전환으로서, 때로는 의도적으로 시간과 공간의 연속성을 혼란시키는 기법이다(자네티 559).

화에서는 의미 있는 장면에 대한 플래시백 기법이 사용될 때 "갈색과 흰색을 혼합한 듯한 노란색"(Alleva 19)을 반복적으로 사용하고 있다. 이 영화에서는 노란 색이 과거 장면을 회상할 때 사용되기도 하고 특히 베이비 석스와 관련해서 부각되고 있다. 베이비 석스의 "설교 장면은 원작의 취지와 맞게 도입되었으며 노란빛을 화면 전반에 깔아 신비스러운 효과를 더하고 있다"(장정희 293).

여러 비평가들은 베이비 석스가 공터(Clearing)에서 가진 종교집회를 이 영화의 가장 멋진 장면으로 평가한다.[9] 베이비 석스는 아버지들에게 춤을 추라고 말하고, 아이들에게는 웃으라고 말하며, 어머니들에게는 마음껏 울라고 말한다. 춤추는 아버지, 웃는 아이들, 통곡하는 어머니들로 이루어진 종교 모임은 노예제도와 인종차별로 인한 한맺힌 일상을 초월하는 흑인 종교와 문화의 일면을 보여주는 장면이다. 영화에서 베이비 석스는 사람들 무리 속에 서서 종교 모임을 이끌고 있는 것으로 등장하지만 소설에서는 이와 다르게 자신도 그 모임에 융화되어 조화를 이루며 마치 공연을 하는 배우 같은 모습을 보여준다.

> 그녀는 일어나 자신의 일그러진 엉덩이를 흔들며 심장이 못 다한 말들을 춤으로 표현했고, 다른 이들은 입을 벌리고 춤추는 그녀에게 음악을 제공해 주었다. 사랑받는 그들의 육신에 꼭 어울리는 완벽한 4부 합창이 나올 때까지 이어진 길고 긴 음악이었다. (89)

---

9 데이비드 앤선(David Ansen)은 베이비 석스 역을 맡은 베아 리처즈가 스크린에 등장할 때마다 영화는 활기를 띤다고 강조하며 설교 장면이 매혹적이라고 평한다 (Ansen 76).

영화에서 베이비 석스의 설교 장면은 세 번 등장하는데 소설과 다르게 마지막 장면에도 등장하여 결말을 더욱 밝게 만들고 있다. 베이비 석스는 흑인의 신체는 백인들에게 이용당하고 린치당하고 있다고 말하며 무엇보다 "가슴"을 열렬히 사랑하라고 말하고 있다. 베이비 석스가 흑인들에게 가장 사랑하라고 하는 가슴은 베이비 석스, 세스, 폴 디가 비인간적인 노예제도 때문에 모두 잃어버린 대상이다. 폴 디는 미스터의 볏처럼 새빨간 붉은 심장이 뛰고 있지 않다는 걸 세스가 알까 봐 고민한다. 베이비 석스는 노예제도로 유린당한 심장을 복원하는 설교로 신시내티 공동체를 결속하게 한다.

흑인에게 이해되지 않는 기독교의 교리로 설교를 하는 대신, 베이비 석스는 자신이 체득한 신의 메시지를 흑인들에게 전달하고 있으며, 흑인들이 한을 풀 수 있도록 형식과 내용이 변형된 종교의식을 통해 흑인들의 온전한 생존을 강조하고 있다. 베이비 석스가 강조하는 "심장"은 폴 디가 빌러비드와 성관계를 가질 때 외치는 "붉은 심장"과 연결되면서 강인한 생명력과 희망의 메시지와 연결되고 있다.

모리슨은 「뿌리내림: 토대로서의 조상」("Rootedness: The Ancestor as Foundation")에서 다른 아프리카계 미국 문학 속에 나타나는 조상의 중요성에 대해 다음과 같이 강조하고 있다.

이 문제에 대해서 내가 첨언하고 싶은 유일한 것은 조상의 실재이다. 흑인문학에서 작가가 조상의 실재를 어떻게 다루었는지에 대해 살펴보는 것은 흥미롭게 보인다. … 그리고 이 조상들은 단순한 부모가 아니라 등장인물들과의 관계가 호의적이고, 가르침을 주며, 보호해주는 초시간적인 사람들이다. 그들은 어떤 지혜를 주는 사람들이다. (200)

베이비 석스의 경우 『빌러비드』에서 흑인 조상의 실재와 흑인 조상의 저력을 분명하게 보여주는 인물이다. 베이비 석스는 신시내티 공동체를 규합하고, 만신창이로 도망쳐 나온 며느리를 구석구석 씻겨주며 며느리를 치유시키기 위해 갖은 노력을 한 인물이다. 세스의 유아살해로 자신의 모든 행적에 대해 회의를 품다가 세상을 떠난 베이비 석스는 소설과 영화에서 한 번 더 후손에게 한 줄기 빛을 주는 인물로 등장한다.

『빌러비드』에서 또 다른 유령으로 등장하는 베이비 석스는 124번지의 유일한 희망인 덴버에게 세상 밖으로 나가라고 저승에서 현실로 돌아와서 이야기를 한다.[10] 신비스러운 이 장면은 영화에서는 자연스럽게 제시되어 벼랑 끝에 서 있던 덴버는 할머니의 격려와 조언에 용기를 가지고 세상 밖으로 생존을 향한 발을 내딛게 된다.

모리슨은 영화를 보고 난 후 덴버에 대해 "덴버를 보는 것은 너무나 좋았습니다. … 그녀가 화면에 나올 때마다 전 행복했어요."(Corliss 74)라고 말하면서 덴버 역할에 대해 긍정적인 반응을 보였다.[11] 소설과 영화에서 가장 성장한 인물로 제시되는 덴버는 영화에서 더욱 빛을 발하고 있으며 세스를 빌러비드로부터 지켜내고, 쓰러져가는 가정을 지키며, 소원해진 자신의 가정과 신시내티 공동체를 연결시키는 역할을

---

10 피터 라모스(Peter Ramos)는 베이비 석스가 저승에서 현세로 환영의 모습으로 돌아와서 덴버에게 도움을 주고 있다고 말한다(63).
11 모리슨은 세스 역을 맡은 오프라가 감정을 주체하지 못하고 소설에서는 울지 않는 장면에서 눈물을 흘렸다고 평한다. 또한 124번지의 경우 자신이 생각한 집은 훨씬 더 우아한 중산층의 집이었는데 영화에서는 더 허름하게 재현되었다고 말한바 있다(Corliss 74).

하고 있다.

덴버에 대한 긍정적인 평을 한 모리슨은 세스의 어머니가 교수형을 당하는 장면에서 느낀 감정에 대해서 다음과 같이 말한다.

"세스의 엄마가 교수형을 당하는 장면에서 여러분들은 그녀의 두 눈을 보게 됩니다. 그 장면이 영화로 옮겨진 것을 보는 것은 정말 깜짝 놀랄만한 일이었어요. … 영화 제작자들이 절대 하지 못할 것이라고 생각한 일을 해냈어요. 그건 바로 추상적인 노예제도가 아니라 개개인과 가정적인 것, 그리고 그 결과를 재현해내는 영화를 만드는 일이죠." (Corliss 74)

『빌러비드』에서 볼 수 있는 모리슨의 서술전략은 흑인음악을 반영하고, 순환되기도 하며, 반복서술 되는 경향도 보인다. 또한 중요한 서술전략으로 한 사건을 여러 등장인물의 목소리를 통해 여러 번 재조명하는 것이다. <빌러비드>는 촬영 기법[12], 플래시백 기법, 컴퓨터 생성 화상(CGI)[13] 등을 동원하여 소설의 서술전략을 재현해내려고 노력

---

[12] <빌러비드>에서는 "원거리 촬영"(long shot)과 "익스트림 로우 앵글"(extreme low angle) 등의 카메라 기법이 사용되었다. 세스와 덴버가 살고 있는 124번지는 먼 거리에서 촬영되어 공동체로부터 소외되어 있다는 점을 강조하고 있으며, 스위트 홈 (Sweet Home)에서 세스가 학교 선생과 그의 조카들에게 학대를 받을 때 학교 선생은 익스트림 로우 앵글로 찍혀 있어 학교 선생은 상대적으로 위협적이고 강하게 보인다. 원거리 촬영과 익스트림 로우 앵글 기법이 주는 효과에 대해서는 자네티의 책 11-18을 참고할 것.

[13] 서커스 구경을 하고 돌아오는 날 폴 디, 세스, 덴버는 비록 서로 손을 잡고 있지 않았지만 그림자는 서로 손을 잡고 있다. 소설과 영화에서 이 장면은 동일하게 제시되었다. 드미 감독은 그림자를 이용해 자연스러운 장면이 연출되지 않자 CGI 기법을 사용해서 이 장면을 찍었다(Rogers의 글을 참고). 그리고 맞잡은 손과 관련해서

하고 있다.

영화에서 빌러비드가 과거에 가너(Garner) 부인에게 받았던 세스의 귀걸이에 대해 묻고, 세스의 어머니에 대한 이야기를 해달라고 말하는 장면에서 세스는 빨래를 개면서 과거를 회상하고, 덴버와 빌러비드에게 이야기를 들려준다. 이 장면은 소설과 비슷하게 영화로 옮겨졌지만 이와 반대로 소설의 서술전략이나 기법이 영화에서는 생략되거나 다르게 재현된 경우도 있다.

소설에서 세스가 폴 디에게 유아살해에 대해서 이야기를 하는 장면에서 세스는 폴 디가 앉아 있는 주위를 빙글빙글 돌면서 "중요한 말은 피하며 다른 이야기를 갉작거리고 있는"(162) 모습을 보인다. 이 같은 세스의 움직임과 주변적인 일에 대한 이야기들은 자신이 하고 있는 이야기가 얼마나 힘든 것인지를 나타내는 것이다. 같은 장면을 옮긴 영화에서 폴 디는 가만히 앉아 있고, 세스도 큰 움직임 없이 그날의 비극을 이야기한다. 하지만 이 장면이 주는 여운은 세스가 하기 싫은, 입밖에 내고 싶지 않은 말을 겨우 하는 소설의 장면이 주는 심미적인 여운이 사라져 무미건조한 느낌을 주고 있다.

특히 소설에서는 같은 문장이 여러 번 반복되며, 문장 속의 단어가 조금씩 변하는 경우가 있고, 세스가 자신을 잡으러 온 학교선생(Schoolteacher) 일행이 124번지로 오자 아이들을 헛간으로 데리고 가서 모두 죽이려고 한 장면은 백인들의 시점과 흑인들의 시점을 서로 대조적으로 제시한다. 모리슨은 세스의 행동을 백인들의 시점을 통해 제시

소설에서는 세스가 이 그림자를 보면서 행복한 미래에 대한 꿈을 가지지만, 영화는
세스의 꿈을 포착하지 못하고 있다.

하다가 베이비 석스와 스탬프 페이드의 시점 등을 통해 다시 반복한다. 소설에서 스탬프 페이드는 어느 넋 나간 흑인 할아버지가 되고 텃밭에서 일을 하던 베이비 석스는 모자에 꽃을 꽂은 미친 할머니로 백인들의 눈에 비쳐진다.

> 학교선생과 조카는 집의 왼쪽을 향했다. 그의 오른쪽에는 보안관이 함께 했다. 한 명의 미친 늙은 검둥이가 도끼를 든 채 장작더미에 서 있었다. 그 늙은이가 낮은 고양이 소리를 냈기에 단번에 그 늙은이가 미쳤다는 것을 알 수 있었다. 그 늙은이가 있는 곳에서 약 11미터 떨어진 곳에 또 한 명의 모자에 꽃을 꽂은 미친 여자가 있었다. 아마도 그 여자도 미쳤음이 분명했다. 왜냐하면 그 여자도 가만히 서서 자신 앞에 있는 거미집을 헤치는 것처럼 손을 내젓고 있었기 때문이다. (149)

하지만 모리슨은 백인들의 시점과 흑인 등장인물의 시점을 나란히 제시하여 한 사건을 다양한 관점에서 볼 수 있게 한다. 그래서 유아살해라는 비극적인 사건을 저지른 세스의 복잡한 내면이 독자들 앞에 펼쳐지는 것이다. 아주 어렸을 때 영문도 모르고 엄마의 손에 목이 잘려 죽은 빌러비드는 저승에서 돌아와 자신을 죽인 이유에 대해서 끊임없이 질문하고 세스는 자신의 죄를 뉘우치듯 혼신의 힘을 다해 돌아온 빌러비드를 보호하고 보살핀다. 소설의 마지막 부분에서 독자들이 만나는 빌러비드의 웃음은 여러 의미를 가진다.
　<빌러비드>의 종결 부분에서 중요한 것은 빌러비드의 웃음이다. 빌러비드의 웃음은 자신을 죽인 어머니를 용서하는 웃음이자 죽음보다

더 강하고 깊은 어머니의 사랑을 확인한 웃음인 것이다. 소설의 끝 부분에서 엘라를 선두로 한 신시내티 공동체의 30여 명의 여성들이 124번지 앞에서 씻김굿과 같은 의식을 거행하는 장면이 펼쳐진다. 소설에서 그들이 124번지에 도착했을 때 그들이 제일 먼저 본 것은 젊은 시절 그들의 모습이다. 영화에서 30여 명의 여성들이 124번지에 도착했을 때 플래시백 기법을 사용하여 그들이 124번지에서 함께 기뻐하고 울음을 나누던 시절을 보여 주었다면 이 장면이 주는 울림은 더 강했을 것이다.

마치 씻김굿과 같은 이 장면에서 빌러비드의 웃음이 사라진 영화는 <엑소시스트>에 한 발 더 다가선 것처럼 보인다. 마을 여성들이 빌러비드를 내쫓기 위해서 가지고 온 것은 기독교와 관련된 물건들과 자신이 효험 있다고 느끼던 여러 가지 것들이다. 신시내티 마을 여성들의 살풀이 장면은 혼성화된 흑인 종교의 일면을 볼 수 있다. 흑인여성들은 기도를 하고 찬송가를 부르기도 하며 기도 이전의 표현을 하기도 하고 고함을 치고 울기도 한다. 소설에서 이 장면은 혼성화된 흑인 종교의 일면을 보여주면서 빌러비드를 사악한 존재로 규정하고 이를 축출하는 데 초점을 맞추기보다는, 슬픈 흑인선조의 영혼, 후손을 사랑하지만 올바른 방법을 찾지 못하는 원한 맺힌 선조의 영혼, 빙의된 처녀의 신체에 깃든 불쌍한 영혼들 이 모두를 빌러비드를 통해 투영시키고 있다.

하지만 영화에서 세스가 얼음송곳을 들고 보드윈(Bodwin)을 향해서 뛰어가자 빌러비드는 히스테리적인 비명을 지르며 절규하다가 사라지고 그 자리에는 나비들만이 날아오른다. 달리 말해서 관객들은 웃으면서 사라지는 빌러비드를 보는 대신 괴성을 지르며 억지로 쫓겨 가는 것 같은, 마치 구마의식(驅魔儀式) 중에 도망가는 듯한 빌러비드를 보다가 나비가 날아가는 모습을 볼 뿐이다. 그리고 와디의 지적처럼 마지막 장면에서 빌러비드의 나체를 전부 보여줄 필요가 있었는지에 대한 의문이 남는다(523). 물론 빌러비드가 폴 디와 성관계를 가져서 임신했다는 사실과, 귀신인데도 임신을 했다는 사실을 보이기 위해서 빌러비드의 나체를 보여주어야 했을 수 있다. 하지만 소설의 내용과 상관없는 전라를 보여준 것은 소설의 첫 장면 등에서 볼 수 있었던 관객의 흥미를 끌기 위해서 준비한 불필요하고 확대 해석된 장면이라 할 수 있을 것이다.[14]

또한 소설에서는 빌러비드의 실재를 발자국을 통해 남기고 있지만 영화에서는 빌러비드의 발자국에 대한 언급이 없다. 소설에서 빌러비드의 발자국은 몇 가지 의미를 남기고 있다.

> 124번지 뒤로 흐르는 시냇가에, 그녀의 발자국이 나타났다 사라지고, 나타났다 사라진다. 그 발자국들은 너무나 친근하다. 아이든 어른이든 발을 대어보면 꼭 맞을 터이다. 발을 빼면 아무도 그 위를 걸은 적 없는 것처럼 다시 사라진다. (275)

마지막 장면에 등장하는 빌러비드의 발자국은 빌러비드의 이야기가 그 이후로도 계속 이어질 수 있다는 것을 암시한다. 또한 모리슨은

---

14 영화의 초반 부 장면에서 관객들은 SF 영화나 공포영화에서처럼 물체가 이동하고 파괴하는 장면들을 접하게 된다. 이는 아기 유령이 124번지를 장악하여 여러 장난을 하기도 하고 집을 흔드는 것을 영화로 옮긴 것이다. 소설에서는 집채가 흔들리고 마루 판자가 떨거나 삐걱거리며 덜그럭거리는 것으로 되어 있고, 식탁이 폴 디를 향해 돌진한다. 하지만 영화에서 이 장면은 확대 해석되어 물체가 날아다니고 아기 울음소리까지 더해져 공포감을 조성하고 있다. 이 장면을 할리우드의 특수 효과와 비교한 글은 존슨(Johnson)의 글을 참고할 것.

빌러비드를 발자국의 형태로 남겨둠으로써 빌러비드가 계속 일상과 역사에 개입하고 있음을 나타내고 있다. 모리슨은 발자국을 통해 빌러비드와 같은 억울한 일을 당한 사람들은 빌러비드처럼 다시 저승에서 살아와 인간의 현실에 개입할 수 있다는 다층적인 의미를 남김으로써 억압자들에게 공포를 불러일으키면서 다시는 이런 만행을 저지르지 못하게 하고 있다.

하지만 영화는 발자국을 다루지 않고 소설보다 "더 밝은 결말로 끝이 난다"(Corliss 74). 특히 마지막 장면에서 폴 디와 화해하고 다른 누구보다 자기 자신의 소중함을 인식해가는 세스는 밝은 미래를 나타내고 있다. 드미 감독은 결론 부분에 베이비 석스가 공터에서 행한 연설을 다시 소개하며 밝은 여운으로 영화를 끝내고 있다.

3

흑인 문학이 영화로 제작될 가능성은 백인 문학과 비교해 보면 훨씬 더 적은 것이 사실이다.[15] <빌러비드>도 윈프리의 10년간에 걸친 노력이 없었다면 영화로 제작될 수 없었을 것이다. 오프라의 지나친 열정을 반영하듯 이 영화는 무려 3시간이나 되기 때문에 관객들이 집중해서 영화를 감상하지 않으면 이야기를 놓칠 가능성이 있다. 그리고 상

---

15 이와 관련하여 한국에서 진행된 선행연구의 경우, 로레인 한스베리(Lorraine Hansberry), 리처드 라이트(Richard Wright), 워커를 분석한 글과 <드림걸즈>(*Dreamgirls*, 2006)에 대한 논문이 있다. 자세한 사항은 김정호, 배윤기, 배만호, 김종욱의 논문을 참고할 것.

영시간이 너무 길다는 사실에 지레 겁을 먹고 영화를 보러 오지 않을 가능성도 있다.

영화 <빌러비드>는 소설의 화려한 테크닉이나 서술기법을 담아 내지 못하고 이를 특수 음향, 카메라 촬영 기법, 플래시백 기법 등으로 처리하고 있긴 하지만 전체적으로 소설이 주는 울림을 반영시키지 못 하고 있다. 특히 『빌러비드』에서 가장 중요한 인물이라 할 수 있는 빌 러비드는 괴기스러운 인물로 재현되고 있어서, 하나이자 여럿인 빌러 비드의 복합적인 정체성을 재현하지 못하고 있다.

한편 임신한 세스가 오하이오 강을 건너는 장면과 베이비 석스가 공터에서 행한 설교와 설교에 참석한 신시내티 공동체가 보여주는 종 교행사를 담은 장면들은 영화에서 가장 훌륭한 장면에 속한다고 할 수 있을 것이다. 그리고 전체적으로 그 당시 신시내티 공동체의 모습이나 돼지를 키우는 모습, 서커스, 공장 등이 사실적으로 반영되어 있는 점 은 영화이기에 가능한 것이었다. 하지만 너무나 끔찍해서 입 밖에 낼 수 없었던 유아살해와 가혹한 노예제도의 해악을 영화로 만들어 흑인 들의 입장을 담아냈다는 사실과 거장 모리슨의 소설을 재현하는 데 있 어 충실하게 소설의 내용을 따르려 했다는 점은 <빌러비드>가 흑인문 학의 영화화에 크게 기여했다고 할 수 있을 것이다.

| 참고문헌 |

김정호. 「"스크린 속의 건포도": 핸스베리의 『햇볕 속의 건포도』(*A Raisin in the Sun*) 영화 각색 연구」. 『현대영어영문학』 35.2 (2009): 57-75.

_____. 「할리우드로 간 『토박이』: 미국 영화에 나타난 인종차별 연구: 소설과 연극, 그리고 영화의 각색과정을 중심으로」. 『현대영어영문학』 32.3 (2006): 61-83.

김종욱. 「두 편의 『컬러 퍼플』에 대한 소고(小考): 백인 남성의 영화, 흑인 여성의 소설」. 『미국학논집』 35.1 (2003): 56-77.

배윤기, 배만호. 「영상 언어로 번역된 흑인(여성)의 혼: 『드림걸스』」. 『문학과영상학회』 8.1 (2007): 177-200.

자네티, 루이스. 박만준, 진기행 역. 『영화의 이해』(전면수정판). 서울: 도서출판 K-books, 2010.

장정희. 「흑인 여성 정체성의 재편: 원작 소설과 영화 <빌러비드>연구」. 『문학과 영상』 1.2 (2000): 281-302.

Alleva, Richard. "Mistranslated 'Beloved'." *Commonweal* 125.20 (1998): 18-20.

Ansen, David. "The Ghosts of Slavery." *Newsweek* 132.16 (1998): 76.

Blake, Richard A. "Free at Last." *America* 179.14 (1998): 24-25.

Chambers, Veronica & Allison Samuels. "The Women of 'Beloved.'" *Newsweek* 132.16 (1998): 74.

Childs, Dennis. ""You Ain't Seen Nothin' Yet": *Beloved*, the American Chain Gang, and the Middle Passage Remix." *American Quarterly* 61.2 (2009): 271-97.

Corliss, Richard, Georgia Harbison & Jeffrey Ressner. "Bewitching Beloved." *Time*

152.14 (1998): 74.

Demme, Jonatahn, dir. *Beloved*. Perf. Oprah Winfrey and Danny Glover. Touchstone Pictures, 1998.

Harris, Trudier. *Fiction and Folklore: The Novels of Toni Morrison*. Knoxville: The University of Tennessee Press, 1991.

Johnson, Brian D. "Oprah's Labor of Love." *Maclean's* 111.42 (1998): 85.

Koolish, Lynda. "Fictive Strategies and Cinematic Representations in Toni Morrison's *Beloved*: Postcolonial Theory/Postcolonial Text." *African American Review* 29.3 (1995): 421-38.

Morrison, Toni. *Beloved*. London: Picador, 1987.

_____. "Rootedness: The Ancestor as Foundation." *Black Women Writers (1950-1980): A Critical Evaluation*. Ed. M. Evans. New York: Anchor, 1983. 339-45.

"Oprah's Summer Dream." *Time* 152.14 (1998): 78.

Ramos, Peter. "Beyond Silence and Realism: Trauma and the Function of Ghosts in *Absalom, Absalom!* and *Beloved*." *The Faulkner Journal* 23.2 (2008): 47-66.

"Post People." *Saturday Evening Post* 271.1 (1999): 12.

Rogers, Pauline, "A *Beloved* Peace." *International Cinematographers Guild Magazine*. Oct 1998 Cover Story.
<http://www.media-party.com/storefrontdemme/abelovedpeace.html>

Scott, Ellen C. "The Horrors of Remembrance: The Altered Visual Aesthetic of Horror in Jonathan Demme's *Beloved*." *Genders* 40 (2004).
<http://www.genders.org/g40/g40_scott.html>

Terrell, Kenneth & Sara Hammel. "Emancipation Perturbation." *U.S. News & World Report* 125.15 (1998): 74.

Tibbetts, John C. "Oprah's Belabored *Beloved*." *Literature Film Quarterly* 27.1 (1999): 74-76.

Travers, Peter. "Oprah··· Oscar; Oscar··· Oprah." *Rolling Stone* 798 (1998): 79.

Wardi, Anissa Janine. "Freak Shows, Spectacles, and Carnivals: Reading Jonathan Demme's *Beloved*." *African American Review* 39.4 (2005): 513-26.

Winfrey, Oprah & Pearl Cleage. "The Courage to Dream!." *Essence* 29.8 (1998): 80.

* 이 글은 「토니 모리슨의 『빌러비드』: 영화와 소설 비교」(『비교문학』 51권, 2010, 229-46)를 수정 보완한 것임.

토니 모리슨의 문학작품에 투영된 1960년대 미국

1. 들어가는 말

1960년대는 민권운동의 영향으로 많은 시위와 폭동이 일어난 시기이자 아프리카계 미국문학에서는 블랙 파워 운동(Black Power Movement)의 영향을 받은 흑인미학(Black Aesthetic)이 대거 문학작품에 반영된 시기였다.[1] 토니 모리슨(Toni Morrison)과 앨리스 워커(Alice Walker)[2] 같은 아프리카계 미국작가들은 문학 작품을 통해 희망과 절

---

[1] 1960년대와 미국소설은 김성곤의 글을 참고. 김성곤은 60년대 미국소설에 대해 "60년대의 저항소설의 전략은 부조리와 블랙 유머, 패러디였으며, … 60년대의 저항소설의 비전은 묵시론적(apocalyptic)이었다"(24)고 말하고 대표작가로 도널드 바셀미(Donald Barthelme), 캔 키지(Ken Kesey), 커트 보네커트(Kurt Vonnegut)의 작품을 분석한다. 60년대의 흑인문학과 흑인 타자화의 역사에 대해서는 문상영의 "1960년대 미국 흑인문학: 해방과 문화적 자립"과 『미국흑인문학의 이해』에 실려 있는 천승걸, 문상영, 신문수의 글을 참고.

망이 교차한 시대를 살아가는 다양한 사람들의 삶을 조명하고 있다. 1993년 노벨 문학상을 받은 모리슨은 2005년에 화보집 『학교통합의 여정을 기억하기』(*Remember: The Journey to School Integration*)를 출판했다. 이 작품은 미 대법원의 '브라운 대(對) 토피카 교육위원회' 판결(Brown v. Board of Education case, 1954. 5. 17)의 전후시기를 다루는 화보집으로 모리슨은 이 작품으로 2004년에 블루 리본 논픽션 북 어워드(Blue Ribbon Nonfiction Book Award)와 2005년에 코레타 스코트 킹 어워드(Coretta Scott King Award)를 수상했다.

모리슨은 53장의 사진을 통해 공립학교 흑백통합 전후시기를 다루며 사진에 등장하는 다양한 등장인물의 입장이 되어 그들의 목소리를 빌려 오늘을 사는 어린이들에게 재기억의 중요성과 피와 투쟁으로 쟁취해온 자유의 소중함을 강조하고 있다. 이 작품은 "브라운 대 토피카 교육위원회" 판결 50주년을 기념하기 위해 구상되었다. 모리슨은 1963년 9월 15일 버밍햄의 교회 폭발 사건으로 사망한 4명의 흑인 어린이들[3]에

---

2 워커의 『메리디안』(*Meridian*, 1976)은 민권운동에 참여한 워커의 자전적 요소가 강한 작품으로 워커는 이 소설에서 학생비폭력위원회(SNCC)에서의 흑인남성의 백인여성 강간 등을 다루고 있다. 워커의 『메리디안』에 대한 분석은 박미선과 윤성호(Seongho Yoon)의 글을 참고. 워커는 이 소설을 통해 "1960년대에서 70년대 중반까지 10여 년 동안 비폭력 흑인민권운동에서 전투적인 블랙 파워 운동으로 전환하는 과정에서 노정된 문제들"(박미선 47)을 주인공 메리디안 힐(Meridian Hill), 흑인 민족주의 운동가인 트루먼 헬드(Truman Held), 함께 민권운동을 한 백인 여성 린(Lynne)의 관계를 통해 보여주고 있다.

3 흑인 가수 니나 시몬(Nina Simone)은 버밍햄 폭탄 사건과 흑인 운동가인 메드가 에버스(Medgar Evers)가 저격당한 소식을 접하고 격분해서 "빌어먹을 미시시피(Mississippi Goddam)"라는 곡을 만들어 당시 흑인들이 겪어야 한 분노와 쓰라린 아픔을 노래했다. 또한 민권운동의 대명사인 존 바에즈(Joan Baez)는 1963년 8월 25만 명의 민중과 함께 인종차별 철폐와 흑인 공민권 확대를 요구하며 워싱턴 D. C.까지 이어지는 거

게 이 책을 헌사하고 있다. 2008년 미국 국무장관 콘돌리자 라이스 (Condoleezza Rice)의 친구인 데니스 맥네어(Denis McNair)도 그 중 한명 이었다. 모리슨은 화보집의 마지막 페이지에 교회 폭탄 사건으로 숨진 네 어린이의 사진과 함께 "지금 여건은 훨씬 더 좋아졌어요. 하지만 왜 그런 일이 일어났는지 기억해주세요. 우리를 꼭 기억해주세요"라고 죽 은 어린이들을 대변해서 말하고 있으며, 과거의 역사를 거울삼아 다시 는 그런 비극이 되풀이 되지 않게 준비해야 함을 강조하고 있다.

1960년. 테네시 주 내슈빌,
연좌항의(55)

1960년 5월. 뉴욕 시티,
간이식당 관련 시위(54)

1960년 12월. 루이지애나 주
뉴올리언스, 루비 브리지스(44)

1962년. 웨스트버지니아 주(13)[4]

1963년 5월. 앨라배마 주 버밍햄,
시위로 투옥된 소년(61)

1963년 7월. 메릴랜드 주 케임브리지,
식당의 인종차별에 항의하는 사람들 (57)

리 행진에 참여했고, 이들 앞에서 "우리 승리하리라(We Shall Overcome)"를 불렀다. 마할리아 잭슨(Mahalia Jackson)은 1963년에 킹 목사가 링컨 기념관의 계단위에서 "I Have a Dream"을 연설하기 직전에 25만 명의 군중 앞에서 "I Been 'Buked and I Been Scorned"라는 노래를 불렀다.

1963년 8월, 워싱턴 D. C.,
행진, 25만 명 이상이 참여(56)

1963년 8월, 워싱턴 D. C.에서
"I Have a Dream"을 연설하는
킹 목사(65)

1963년 9월 15일,
버밍햄 교회 폭발사건 희생자들(72)

　　모리슨은 학교통합과 민권운동 기간 동안 인종차별에 맞선 다양한 활동들─버스 보이콧, 백인 전용 식당 이용하기, 자유를 위한 행진, 마틴 루터 킹(Martin Luther King, Jr.) 연설 등─과 함께 학교통합을 반대하는 백인이 흑인이 탄 차를 전복시키려는 사진(27), 백인 학생들의 시위(28), KKK단(Ku Klux Klan)이 십자가에 불을 붙이는 장면을 보는 두 명의 백인어린이(30), 리틀 록(Little Rock)에서의 투쟁 등을 다루는 사진을 통해, 역사를 바로 인식하고 그와 같은 역사가 되풀이 되지 않도록 하기 위해 재기억하고 만일 유사한 역사가 되풀이될 경우 과거의 역사에서 명확한 인식을 얻어 미래를 만들어가야 함을 강조하고 있다.[5]

4　"브라운 대 토피카 교육위원회 재판"에 제출된 어린이와 인형에 대한 보고서에는 "아프리카계 미국 아동들이 검은 피부보다 흰 피부를 더 선호하는 것으로"(Morrison, *Remember* 74) 나와 있다. 브라운 판결의 의미와 한계에 대해서는 조지형의 "'평등'의 언어와 인종차별의 정치: 브라운 사건을 중심으로"를 참고할 것.

5　2007년 6월 28일 미국 대법원은 시애틀(워싱턴 주), 루이빌(켄터키 주) 두 도시가 흑백 통합교육을 하면서 거주지와 관계없이 학생을 배정하는 것은 또 다른 차별이라고 판결하였다. 9명의 대법관 중 5명이 프로그램 무효화 의견을 냈고, 4명은 이에 반대했다. 이는 흑백통합교육을 시행하지 않아도 되는 근거로 작용할 수 있어서 1896년의 '플래시 대 퍼거슨' 판결로 역행하고 있다는 비난을 받고 있다.

이 작품의 12페이지 사진은 모리슨의 처녀작 『가장 푸른 눈』(*The Bluest Eye*, 1970)의 내용을 상징적으로 보여주고 있다. 모리슨은 『가장 푸른 눈』에서 백인의 미(美)를 맹목적으로 수용하는 피콜라(Pecola)가 미쳐버리는 상황과, 미쳐가는 친구를 보며 백인의 지배 규범과 문화 아이콘을 해체하는 방법을 배우는 클로디아(Claudia)를 통해 백인이 구축해놓은 가치관에 함몰되는 것에 대해 경종을 울리고 있다.

2. 『낙원』(*Paradise*, 1997): 2세기 동안의 미국사 들여다보기

모리슨의 『낙원』은 200년간의 흑인 공동체의 역사를 다루고 있으며, 재건시기와 제2의 재건시기라 할 수 있는 민권운동, 제2차 세계대전, 베트남전 등의 역사를 등장인물의 경험을 통해서 제시하고 있다. 모리슨은 "대규모의 역사와 작은 개인적인 비극을 주마등 속에서 요술을 부리듯 다루며"(Dalley 57) 『흑인사』(*The Black Book*)를 편집할 때 접한 신문기사와 브라질로 자료조사 여행을 갔을 때 전해들은 이야기를 토대로 『낙원』을 집필하였다.

이 작품은 1890년에서 1976년 12월까지의 기간을 다루고 있다. 특히 『낙원』은 1960년대의 반문화와, 흑표범단(Black Panther), 폭동, 마리화나, 뉴 에이지적 종교 의식, 흑인민족주의 등의 요소를 등장인물을 통해 드러내고 있다. 모리슨은 이 작품에서 남부에서 서부로 이주한 흑인 공동체를 다루면서 미국역사가 카우보이로 대변하는 서부 개척사에서 누락된 미국의 역사를 다루면서, 삭제된 흑인의 역사를 재기입하며 복원시키고 있다.

모리슨은 『낙원』에서 자유를 위해 이주한 장소에서 비극적인 사건을 일으킨 루비(Ruby) 공동체를 다루면서, 그들이 낙원건설에 실패한 이유를 수녀원 습격이라는 사건을 중심으로 많은 등장인물의 내면을 통해, 수녀원의 역사와 수녀원으로 피신 온 여성들의 과거를 중심으로 마치 씨줄과 날줄을 엮듯이 작품의 서술을 진행시킨다.

15가구의 흑인들이 1891년 헤이븐(Haven)을 세우고, 그 공동체가 몰락하려고 하자 다시 더 서쪽으로 이주해 1949년 루비를 세우는 이주 서술을 통해 모리슨은 그들이 이주한 이유와 이주 도중에 생긴 사건들과 이주 이후의 삶을 통해, "그들이 치를 떨며 도망쳐 나온 바로 그 세계로 변한"(292) 이야기를 통해, 루비 공동체의 폐쇄성과 그런 외부와 담을 쌓은 공동체를 양산한 미국의 역사를 문제시하고 있다.

『낙원』에서 "8 암석층의 짙은 검은 피부색을 가진 공동체 구성원들(8-rock-people)"은 미국의 인종정책의 희생자로 인종적, 경제적으로 자유로운 공동체를 건설하기 위해 마치 젖과 꿀이 흐르는 땅을 찾아 나선 이스라엘 사람들처럼 오클라호마로 찾아오게 된다. 그들은 이주하는 동안 "부유한 촉토족과 가난한 백인들에 의해 거절당하고, 어린 개에게 추격당하고, 캠프의 창녀들과 그들의 아이들에게 조롱당하고, 이미 건설된 흑인 마을로부터 거절"(13) 당하기도 한다.

그들에게 가장 큰 상흔을 남긴 것은 자신들보다 피부색이 더 밝은 흑인들의 "불허(Disallowing)"(189)였다. 그리고 그들은 자신들이 받은 차별보다 더 강한 차별을 루비 공동체의 피부색이 더 밝은 흑인들과 수녀원 여성들에게 가한다.

3. 루비 마을과 수녀원

　루비 마을은 흑인의 역사가 고스란히 녹아있는 곳으로, "네 명의 기형아들이 한 집 안에서 태어나고"(11), "베트남에서 돌아온 후 주말마다 술에 취하는"(83) 메누스(Menus)가 삶의 목적을 상실한 채 살고 있는 곳이다. 모리슨은 1차 세계대전에 참전하고 돌아온 엘더 모건(Elder Morgan)(1919년), 2차 세계대전에 참여한 디컨(Deacon)과 스튜어드(Steward)(1942년)[6], 베트남 전쟁에 참여한 스카우트(Scout)와 이스터(Easter)의 전사(1969년) 등을 다루며, 미국을 건설한 백인들처럼 새로운 흑인 공동체를 세우려고 한 루비 마을 공동체의 역사를 통해 그들이 백인들처럼 불필요한 실패를 계속하고 있는 점을 강조하며, 그들이 실패한 이유를 백인을 모방했기 때문이라는 점을 여러 번 강조하고 있다. 또한 그들은 "이전에 유용했던 이데올로기를 굳혀서 의미 있는 변화들을 억압"(Page 643)하며 변하는 시대의 물결을 거부하는 사람들이다.

　특히 그들은 백인이 저지른 인종차별의 해악을 떨쳐버리지 못하

6　모리슨은 2차 세계대전에서 돌아온 스튜어드와 디컨에 대해 "그들은 흑인 군인들의 고환이 잘려 사라졌다는 소문을 들었다. 무식한 남부 백인 노동자들과 남부 연합의 아들들(Sons of the Confederacy)이 떼거리로 달려들어 훈장을 찢어발겼다는 이야기도 들었다─그렇게 그들은 '불허'의 속편이 진행 중이라는 사실을 알아차렸다"(Morrison, *Paradise* 194)라고 서술하고 있다. 루비 공동체를 이끄는 대표적인 인물인 스튜어드는 "노먼에서 전미유색인지위향상협회가 제소한 분리정책 반대 소송사건을 다룬다며 서굿 마셜(Thurgood Marshall)을 '흑인 선동꾼'으로 부른"(82) 인물로 "브라운 대 토피카 교육위원회 판결"의 영웅이자 미국 최초의 흑인 연방대법관이었던 서굿 마셜을 비난하며 변하는 역사의 흐름을 도외시한 채 루비 마을을 더욱 고립으로 이끌고 있다.

고 이를 같은 흑인들에게 적용시키면서 순혈주의를 고집한다. 루비 마을의 혼혈가정의 일원이 되어 여러 차별을 받아온 패트리샤(Patricia)는 마을의 계보를 추적하다가 루비 마을을 처음 만들 때부터 차별이 존재해 왔고, 그 이후로 계속 그런 차별이 엄격하게 지켜졌다는 것을 알게 된다. 헤이븐 마을을 만든 커피(Coffee)에게는 족보에서 지워져버린 쌍둥이 형제가 있었다. 과거에 커피와 티(Tea)는 총부리를 겨눈 백인들이 춤을 추라는 상황을 겪게 되는데, 티는 굴욕적인 춤을 추지만 커피는 이를 거부하고 "발에 총상을 입는다."(302) 그리고 그들이 헤이븐을 창설하기 위해 길을 떠날 때 커피는 티를 부르지 않았다. 그 후로 헤이븐 공동체와 루비 공동체에서 티에 대한 기억은 의식적으로 삭제되고 희석되어, 성탄절 공연 때 연극으로 올려진 공동체의 역사에서는 아예 삭제되어 버린다. 티와 커피는 흑인의 역사에서 평행선을 달리는 듯 보이는 여러 주장들과 몇몇 인물들과 맞닿아 있는 인물들이다. 부커 티 워싱턴과 듀 보이스7, 마틴 루터 킹과 말콤 엑스, 흑백통합주의와 흑인민족주의 등은 커피와 티의 결별에서 뻗어 나온 평행선이라 할 수 있을 것이다. 모리슨은 급진적인 주장을 하는 사람들을 특정 인물을 통해 대변하면서 그들의 주장도 이해하는 듯한 입장을 취하지만 흑백통합주의와 급진적 주장이 조화를 이룬 흑백통합주의를 주장하고 있다.

---

7 듀 보이스는 "부커 T. 워싱턴(Booker T. Washington, 1856-1915)의 이른바 '수용 (accommodationist)' 정책에 반대하여 흑인 지위 향상을 위한 워싱턴의 소극적이고 점진적인 정책을 비판하였는데 … 두보이스는 1905년의 '나이아가라 운동(Niagara Movement)'과 그 결실인 1909년의 NAACP의 창설을 주도했고 NAACP의 기관지인 『위기』(The Crisis)의 첫 주간으로 활약했다"(천승걸 26).

루비 마을 남성들이 온갖 의혹을 받고 있는 수녀원 여성들을 살해하는 장면은 미국역사에서 자행된 세일럼(Salem)의 마녀사냥(1692-1693)과 매카시 선풍(McCarthyism)과 궤를 같이 하는데, 모리슨은 이를 통해 루비 공동체 구성원들이, "차별과 배제를 원칙으로" 미국을 건국한 백인들을 답습했기에 실패했다고 암시한다. 또한 모리슨은 루비 공동체의 남성들이 수녀원을 습격한 날을 1976년 7월의 어느 날로 제시하고 있는데, 이는 1976년이 미국 건국 200년이 되는 시점인 것을 감안한다면, 모리슨이 루비 공동체 남성의 수녀원 습격 사건을 통해 200년간의 미국의 인종정책 및 국가기획을 패러디 하는 것으로 해석될 수 있다. 모리슨은 이 같은 재현을 통해 새로운 낙원을 개척하고 그 낙원을 유지시키려고 한 미국의 기획이 여전히 "불필요한 실패"를 거듭하고 있음을 암시한다.

이 작품에서 수녀원은 마치 1960년대의 반(反)문화가 녹아 있는 장소와 같은 역할[8]을 하고 있다. 수녀원으로 오게 된 메이비스(Mavis)[9], 그레이스(Grace), 세네카(Seneca), 디바인(Divine), 콘솔라타(Consolata)는

---

[8] 반문화는 "마약-섹스-록-지하언론-꼬뮨"으로 대표되는데 60년대 젊은이들은 "긴 머리, '모드'(mod) 스타일, 공공장소에서 옷 벗기(public nudity), 섹스, 마리화나, 꽃, 마약, 꼬뮨, 록 페스티벌, 동양의 신비주의, 그룹 결혼, 거리공연, '비-인(be-ins)', 지하언론, 방랑, 싸이키델릭 록, 돈 태우기와 무료 공연 등"의 행동을 통해 기존문화에 반항했다("60년대 미국 학생운동과 반문화" 81, 88).

[9] 메이비스는 캐딜락을 타고 수녀원으로 오는 도중 "엉덩짝에 걸친 청바지의 넓은 아랫단을 펄럭이면서, 생머리를 찰랑거리거나 아프리카 풍으로 곱슬머리를 한껏 부풀린 헤어스타일"(33)을 한 여자 아이들을 만난다. 메이비스는 그 당시 시대 상황에 대해 "서럽고, 두렵고, 모든 것이 잘못된 세상. 고등학교는 교도소였고, 부모들은 어리석었고, 존슨 대통령이란 작자는 인간 자체가 불쾌했고, 경찰들은 개새끼들이며, 인간들은 쥐만도 못했고, 남자아이들은 죄다 빌어먹을 멍텅구리"(33)라고 말한다.

미국의 다양한 장소에서 다양한 상흔을 입고 모여는 흑인여성, 백인여성 그리고 브라질의 흑인여성이다.

자식들을 살해한 범인으로 지목되고, 살아 있는 자식들과 남편이 공모하여 자신을 죽이려 한다고 믿는 메이비스는 캐딜락을 타고 수녀원으로 찾아온다. 반전운동에서 피를 토하는 어린 소년이 운동화에 피가 떨어지는 것을 막으려고 손으로 피를 받는 모습에서 헤어나지 못하는 지지(Gigi), 애인이 엄마와 성관계를 맺는 것을 목격한 후 삶의 의욕을 잃은 디바인, 14살 된 엄마에게 버림받고 여러 가정을 전전하며 모든 고통을 자신의 몸에 자해를 함으로써 목숨을 지탱시키는 세네카, 브라질 리오의 슬럼가에서 수녀원장에 의해 미국으로 오게 된 콘솔라타, 이 여성들은 미국과 브라질에서 수녀원까지 다양한 이유로 이주하게 된 것이다.

이 가운데 지지(그레이스)는 민권운동 기간에 겪은 상흔에서 헤어나지 못한 채 같이 민권운동을 하던 마이키(Mikey)가 이야기해준 애리조나 주 위시에 있다고 전해지는 영원히 성관계를 가지는 듯한 바위를 찾다가 실패하고, 키 작은 남자가 말해준 성관계를 가지는 듯한 두 그루의 나무를 찾다가 수녀원에 오게 된 여성이다. 지지는 들러붙는 바지, 하이힐, 부츠를 신고, 마리화나를 피우는가 하면 벌거벗고 수녀원 마당에 앉아 일광욕을 하며 루비 공동체의 K. D.와 성관계를 가지기도 한다. 지지는 반문화의 특징 중 몇 가지를 가진 인물로 반전 운동을 하며 입은 상흔에서 벗어나지 못하고, 오히려 성에 집착하는 특성을 보이고 있다.

정직한 사람들을 보호하는 '사회 정의'라는 매혹적인 꿈의 표면 밑에서—두 손에 피를 뱉어내던 청년에 대한 기억보다 더 강렬했던—사막의 연인들은 지지의 가슴을 찢어놓았다. … 마약은 진하고 남자들은 항상 대기하고 있었지만, 열흘이 지난 후 지지는 울면서 잠에서 깨어났다. 지지는 미시시피 주 앨콘으로 전화를 걸었다. 수신자 부담 전화로.

애야. 어서 고향으로 오너라. 이제 세상도 많이 변했는데 네 맘에는 드냐? 아무튼 죄다 죽어 넘어졌어. 킹 목사도 죽고, 케네디도 하나 더 죽고, 메드거 에버스, 엑스인지 뭔지 하는 흑인도 네가 떠난 뒤에 얼마나 많이 죽었는지 모른다. 여기만 해도 너 알지, 왜, L. J.라고 2번 도로 쇼핑몰에서 일하던 녀석인데, 벌건 대낮에 어떤 놈이 생전 본적도 없는 희한한 권총을 들고 들어와서는 글쎄 … (64-65)

수녀원에서 머물던 지지는 어느 날 자신이 떠나온 진짜 이유를 깨닫게 된다. 다음의 인용문은 민권운동의 쇠퇴를 반영함과 동시에 지지가 공권력의 투입에 겁을 먹고 도피한 자신의 태도를 반성하는 대목이기도 하다.

그녀는 그렇게 깊이 생각해본 적이 없었지만, 이제는 자신이 떠난 이유를 확실히 알 것 같았다. 사람들과의 갈등 때문이었다. 피 흘리는 소년이나 사막에서 사랑을 나누는 연인 이야기를 해준 마이키나, 맑은 물과 엉켜서 자란 나무들에 대한 키 작은 남자의 조언 때문만은 아니었다. 마이키 이전에, 이미 명분은 사라지고 재미와 모험만 남았던 것이다. 선동적인 시위, 소책자, 말싸움, 경찰, 농성, 지도자와 말, 말, 무성했던 말들. 그 어느 것에도 진지하지 않았다. (257)

수녀원의 지지가 민권운동과 깊게 관련된 인물이라면 루비 공동체의 미즈너(Misner) 목사는 민권운동으로 감옥에 수감된 경험이 있고 폐소공포증을 가진 등장인물이다. 그는 "단 한 명의 학생-흑인 소녀-을 위해 아예 법대를 하나 새로 지어가면서까지 분리정책을 고수하려는 이 나라에 한때나마 희망을 가졌던 것이 틀림없었던"(56) 인물이다.

> 마침내 그조차 시대에 물들고 만 것인가? 킹 목사 살해 후에 번진 절망이, 느린 동작으로 서서히 거대한 해일로 변해버린 그 절망이 지금 이 순간 리처드 미즈너 자신을 덮치고 있는 것인가? 아니면 부정한 대통령의 하야라는 굴욕을 지켜봐야 한다는 대재앙 때문인가? 길고 이해할 수 없던 전쟁이 그조차 감염시키고 말았는가? 너덜너덜한 상처투성이의 종전으로 치닫고 있는 지금에 와서, 휴면하던 바이러스처럼 몸속에서 행동을 개시했는가? 미즈너의 고등학교 축구팀 선수들은 모조리 그 전쟁에서 전사했다. 어깨가 넓은 열한 명의 청년들이. (160)

"앨라배마의 손바닥만 한 감방에 서른여덟명의 죄수들과 함께 갇혔던"(205) 경험이 있는 미즈너 목사는 루비의 신세대에게 민권운동을 설파하는 인물이다. 그래서 급기야 미즈너를 신봉하는 루비 마을의 신세대는 루비 공동체의 상징인 화덕(Oven)[10] 뒷벽에 "빨간 손톱에 칠흑

---

10 『낙원』에서 오븐은 루비 공동체의 세대간, 남녀 간 상충되는 가치관을 반영하는 상징적인 대상이다. 오븐은 헤이븐 마을의 설립을 기념하고 흑인 여성들이 더 이상 백인들의 식당에 가서 일을 하지 않아도 되는 자유와 마을 공동체의 결속을 상징하였다. 루비로 이주할 때 오븐을 해체하여 가지고 온 후 이를 다시 조립하는 과정에 첫 글자가 떨어져 나가자 사람들은 각기 자신들의 주장을 펼친다. 마을의 가부장적 남성들은 "그분의 이마에 난 깊은 주름살을 경계하라(Beware the Furrow of His

처럼 검은 주먹 … 위쪽이 아니라 옆으로 비스듬히 내친 주먹"(101)을
그리기도 하고, 공동체의 성인들과 의견 충돌을 보이기도 한다. 루비
마을의 젊은이들이 화덕에 그린 주먹은 민권운동 시기에 활동했던 흑
표범당의 상징이다. 미즈너 목사에 의해 교육을 받은 젊은이들은 화덕
의 주먹을 통해 구세대가 흑인들의 미래를 위해 아무것도 하고 있지
않음을 비판하고 있다.

　　루비 공동체의 구성원들은 미국의 역사를 대변하는 듯한 인물들
로 베트남전에 참가한 제프(Jeff)는 고엽제에 노출되어 그의 자식들이
기형아로 태어났다. 베트남에서 돌아온 메누스도 술에 절어 살고 있다.
특히 이 두 인물은 베트남전의 희생자로 화학전에 노출되어 신체적으
로나 정신적으로 황폐해져 있으며, "재향 군인 관리국 사람들을 죽일
수는 없으니까"(58), 힘없는 수녀원 여성들에게 분노를 전가하는 인물
들이다.

Brow)"(87)가 정확하다고 주장하고, 미즈너와 젊은이들은 "그분의 이마에 난 깊은
주름살이 되어라(Be the Furrow of His Brow)"(87)라고 주장하고, 루비 마을의 여성
인 도비(Dovey)는 "그분의 이마에 난 주름살(Furrow of His Brow)"(93)만으로 충분
하다고 생각한다. 그리고 애너(Anna)는 "그녀의 이마에 난 깊은 주름살이 되어라(Be
the Furrow of Her Brow)"(159)가 정확한 표현이라고 말한다. 결국 루비 마을 남성들
이 수녀원을 습격하는 데 정신이 팔린 틈을 타서 신세대들은 마을 공동체의 오만을
비판하듯 "우리는 그분의 이마에 난 깊은 주름살이다(We Are the Furrow of His
Brow)"(298)라고 "우리"라는 말을 오븐에 첨언한다. 그리고 소설의 마지막 장면에서
는 사람들이 오븐을 방치해서 오븐은 기울어져 있다. 오븐을 둘러싼 논쟁은 "정전과
다문화주의에 대한 논쟁"(Tally 53)으로 해석될 수 있고, 남성/여성, 성인/청년, 구약
/신약과 연관 지어 생각해볼 수 있을 것이다. 캐터린 달스가드(Katrine Dalsgard)는
오븐에서 떨어져 나간 단어를 너새니얼 호손(Nathaniel Hawthorne)의 『주홍글자』와
비교하며 오븐이 끊임없이 새롭고 생산적인 의미를 파생시킨다고 강조한다(Dalsgard
240).

소앤(Soane)과 디컨(Deacon)의 아들인 스카우트와 이스터는 각각 19세, 21세에 베트남에서 사망하였다. 부모들은 민권운동의 폭력에 희생되느니 차라리 아들들을 전쟁터에 보내는 것을 선택하였다.

> 루비 바깥에 있는 오클라호마 주의 그 어떤 곳보다 안전할 거라고 생각했다. 이스터가 가고 싶어 하던 시카고보다 군대가 더 안전할 거라고 생각했다. 버밍햄이나 몽고메리, 셀마나 와츠보다 훨씬 안전할 거라고 1955년의 미시시피 주 머니나 1963년의 미시시피 주 잭슨보다는 훨씬 안전할 거라고, 뉴어크, 디트로이트, 워싱턴 D. C.보다 안전할 거라고 전 미국의 어느 도시보다도 전쟁터가 훨씬 안전할 거라고 생각했다. (100-01)[11]

루비 공동체는 공동체에 불어오는 변화의 물결 속에서도 순혈주의를 고집한다. 루비 마을은 시대의 흐름을 역행하여 조상들의 생존전략을 그대로 답습하고 있다. 루비 공동체는 백인들과 교류하지 않으며, "피 한 방울의 법칙(one-drop law)"(200)을 지키기 위해 근친혼을 하기도 한다. 루비 공동체에서 상처를 입은 여러 인물들-메누스, 아네트(Arnette), 스위티(Sweetie)-은 수녀원에 와서 도움을 받지만, 오히려 수녀원을 마녀소굴 같다고 증언하는 인물들이다.

목사 한 명을 포함한 루비 공동체의 남성들은 수녀원을 공동체를 와해시키고 오염시키는 암적인 존재라고 결론을 내리고, 수녀원을 습

---

11 위의 예문은 "1965년 로스앤젤레스 근교의 흑인 거주지역인 와츠에서, 1966년 시카고에서, 1967년 디트로이트, 뉴어크(Newark)를 비롯한"(이보형 355) 다양한 곳에서 벌어진 시위를 언급하고 있다. 민권운동 전후의 역사에 대해서는 이보형 352-63을 참고.

격하여 문을 연 백인 여성을 사살하고, 콘솔라타와 다른 여성들에게도 총을 겨눈다. 루비 공동체의 종교는 기독교이지만 수녀원은 마지막 수녀가 죽고 난 후 더 이상 가톨릭 신앙을 고집하지 않는다. 수녀들이 브라질에서 데리고 온 콘솔라타(코니)가 수녀원 여성들을 치유하는 장면은 브라질의 이산종교인 칸돔블레(Candomble) 의식을 통한 치유의식으로 콘솔라타는 수녀원 여성들을 집단치유로 이끄는 여사제의 모습을 보인다.12

　　루비 공동체의 남성들이 백인들의 인종차별을 내재화하고 백인들의 순혈주의를 맹목적으로 답습한 채 공동체의 와해를 수녀원으로 전가하는 것에 반해, 콘솔라타는 여러 상흔을 입은 여성들을 지하실 바닥에 드러눕게 한 후 그들에게 페인트로 자신들의 형체를 그리게 한다. 각각의 여성들은 자신의 복사본인 ㄱ 보양에 자신을 괴롭히는 온갖 공포대상과 억눌린 욕망을 그려 넣으면서 자신의 상흔에서 걸어 나오고 "그들을 쫓아다니는 악몽을 벗어버리게"(266) 된다. 콘솔라타는 마치 의식을 치르듯 정갈한 음식을 준비하며, 여성들이 머리카락을 모두 자르게 하고 그들에게 핏기 없는 음식만 먹도록 하고 갈증을 달랠 물만 주기도 하며, 내리는 빗속에서 그들과 함께 춤을 추며 "천국 같은 순간"(Dalsgard 245)을 경험하기도 한다. 모리슨은 수녀원 여성들의 치유의식을 통해 미국에서 정통종교로 인정받지 않고 있는 이산종교13 − 부

12　리처드 L. 서(Richard L. Schur)는 콘솔라타의 의식에 대해서 "탈식민화된 수녀원의 치유방법은 개인과 공동체의 치유를 위한 최상의 전략"(292)이라고 강조한다.
13　아프리카계 미국소설에 나타난 이산종교의 역할에 대해서는 신진범의 「아프리카계 미국소설에 나타난 억눌린 이산종교의 회귀: 찰스 체스넛, 조라 닐 허스턴, 토니 모리슨, 이슈마엘 리드, 글로리아 네일러의 작품을 중심으로」를 참고할 것.

두교(Voodoo), 후두교(Hoodoo), 산테리아(Santeria) 등-의 치유력을 통해 정통종교를 의미화하고 있으며, 아프리카계 미국인들의 "복합적인 종교 유산"(Brooks 193)을 작품의 중심부로 끌어들이고 있다.

4. "창문"과 "문", 그리고 세상 밖으로 향한 길

소설의 마지막 장면은 이 작품의 마술적 경향을 짙게 보여주는 내용으로 충만하다. 루비 공동체의 남성들에게 사살된 여성들이 캐딜락과 함께 수녀원에서 사라지고 다시 소설에 등장해서 가족들을 만나기도 한다. 그들은 한 맺힌 유령들이 두고 떠나야 하는 가족들을 다시 만나듯, 가족들과 재회를 이룬다. 가족들을 만나는 그들의 모습은 마치 여전사와 같은 모습으로 긴 칼을 들고 군복 비슷한 옷을 입고 있기도 하고, 피를 흘리는 모습을 보이기도 한다.

미즈너와 애너는 제프의 막내 딸 장례식장에서 그리고 다시 찾은 수녀원에서 낙원이나 다른 세상으로 연결된 듯한 "창문"과 "문"을 본다. 이와 더불어 수녀원 습격에 참가한 남성들이 회개하는 장면들이 제시되고, 황폐해진 수녀원을 다시 찾은 애너와 미즈너는 "달걀 5개"(305)를 찾기도 한다.

『낙원』의 마지막 장 "세이브-마리"(Save-Marie)는 루비 공동체에서 20년 만에 장례식이 거행되는 내용을 담고 있다. 기형으로 태어나 병석에 누워있던 제프의 막내딸인 세이브-마리의 장례식을 주관하던 미즈너 목사는 세이브-마리의 이름이 자기에게는 "세이브 미(Save me)"로

들렸다고 말한다. 루비 공동체가 그동안 일궈온 노력을 물거품으로 만든 수녀원 습격의 죄를 뉘우치며 그 마을을 구원해 달라는 기도처럼 들린 것이다. 이 같은 미즈너 목사의 말은 타락을 경험한 루비 공동체가 회개를 통해 구원받을 수 있음을 강조하는 것이다.

모리슨은 다른 곳으로 떠나기로 마음을 먹은 미즈너 목사가 결함이 많은 루비 공동체에 남아 있겠다고 선택하는 장면을 통해, 그리고 마을 사람들의 회개를 통해 다시 한 번 낙원 건설의 희망을 강조하고 수녀원 습격이 "복된 타락(fortunate fall)"(Krumholz 31)의 교훈이 될 수 있음을 강조하고 있다. 비극적이지만 시체들이 사라져서 백인경찰이 개입할 수 없는 수녀원 습격은 "루비 사람들을 정신적 혼란 상태로 몰아넣고 치유적인 자기분석으로 이끌기"(Page 644) 때문이다.

마을 사람늘 중 가장 두드러진 변화를 겪은 사람은 디컨으로 그는 9월의 어느 날 아침 일찍 양말도 신지 않은 채, 깨끗한 셔츠와 조끼, 양복을 입고 미즈너 목사에게 달려가 고해성사를 하는 신자처럼 자신과 조상에 대한 이야기를 들려준다.

"엑소더스터 운동(Exoduster Movement)"[14]의 일환으로 새 공동체를 건설하고, 그 공동체가 쇠퇴하자 더 서쪽으로 이동해 루비를 세운 공동체가 백인의 역사를 답습해 비극을 초래하는 『낙원』을 통해, 모리슨은 인종차별의 해악의 답습과 초월을 다루고 있다. 모리슨은 소설의 특정 등장인물들을 통해 밝은 미래를 예견하고 있는데 『빌러비드』

---

14 "엑소더스터 운동"은 1870년대에 종교적 열정을 가진 남부 흑인들이 백인들의 복수에 두려움을 느껴 서쪽으로 이동해서 캔자스 주와 오클라호마 주를 포함한 다른 서부 주로 이주한 운동이다(Widdowson 323-24).

(*Beloved*, 1987)의 경우는 덴버(Denver)가 공동체를 향해 걸어 나가는 모습을 통해 제시하고 있다. 『낙원』에서 덴버와 같은 역할을 하는 인물은 빌리 델리아(Billie Delia)이다. 수녀원을 왕래하며 수녀들과의 관계를 통해 굳건한 자아를 찾은 빌리는 루비 공동체 밖의 사회와 교류하고 루비 마을을 떠나 뎀비(Demby)의 병원에 일자리를 구한다. 모리슨은 미즈너와 빌리를 통해 인종차별의 악순환에서 벗어나는 하나의 해법을 제시하고 있다. 그것은 공동체의 질서를 새롭게 하는 것이며 공동체와 세상 밖으로 나 있는 길로 왕래하는 것이다.

| 참고문헌 |

김성곤. 「1960년대와 미국의 사회저항소설」. 『외국문학』 15 (1988): 18-35.

문상영. 「1960년대 미국 흑인문학: 해방과 문화적 자립」. 『역사비평』 36 (1996): 285-305.

_____. 「미국 흑인문학 비평의 지형도」. 『미국흑인문학의 이해』. 신문수 편. 서울: 한신문화사, 2007. 41-69.

박미선. 「앨리스 워커의 『리디안』: 인종과 젠더가 맞물리는 지점에서 본 폭력의 문제」. 『현대영어영문학』 52.1 (2008): 43-66.

신문수. 「미국 흑인 타자화 약사」. 『미국흑인문학의 이해』. 신문수 편. 서울: 한신문화사, 2007. 70-110.

신진범. 「아프리카계 미국소설에 나타난 억눌린 이산종교의 회귀: 찰스 체스넛, 조라 닐 허스턴, 토니 모리슨, 이슈마엘 리드, 글로리아 네일러의 작품을 중심으로」. 『영어영문학 연구』 48.2 (2006): 205-22.

이보형. 『미국사 개설』. 서울: 일조각, 2005.

조지형. 「'평등'의 언어와 인종차별의 정치: 브라운 사건을 중심으로」. 『미국사 연구』 17 (2003): 147-84.

천승걸. 「미국 흑인문학의 전개: 초기에서 20세기 중반까지」. 『미국흑인문학의 이해』. 신문수 편. 서울: 한신문화사, 2007. 12-40.

"60년대 미국 학생운동과 반문화." 『읽을꺼리』 2 (1998): 81-101.
    <http://copyle.jinbo.net/reader/reader2_theme.htm>

Brooks, Bouson J. "'He's Bringing Along the Dung We Leaving Behind': The Intergenerational Transmission of Racial Shame and Trauma in *Paradise*." *Quiet As It's Kept: Shame, Trauma, And Race in The Novels of Toni Morrison.*

New York: State University of New York Press, 2000. 191-216.

Dalley, Jan. "Black Legends." Rev. of *Paradise. New Statesman* 127.4386 (May 22, 1998). 56-59.

Dalsgard, Katrine. "The One All-Black Town Worth the Pain: (African) American Exceptionalism, Historical Narration, and the Critique of Nationhood in Toni Morrison's *Paradise.*" *African American Review* 35.2 (2001): 233-48.

Krumholz, Linda J. "Reading and Insight in Toni Morrison's *Paradise.*" *African American Review* 36.1 (2002): 21-34.

Morrison, Toni. *Paradise.* New York: Alfred A. Knopf, 1998.

Morrison, Toni. *Remember: The Journey to School Integration.* Boston: Houghton Mifflin, 2004.

Page, Philip. "Furrowing All the Brows: Interpretation and the Transcendent in Toni Morrison's *Paradise.*" *African American Review* 35.4 (2001): 637-49.

Schur, Richard L. "Locating *Paradise* in the Post-Civil Rights Era: Toni Morrison and Critical Race Theory." *Contemporary Literature* 45.2 (2004): 276-99.

Tally, Justine. *Paradise Reconsidered: Toni Morrison's (Hi)stories and Truths.* LIT. Hamburg: LIT Verlag, 1999.

Widdowson, Peter. "The American Dream Refashioned: History, Politics and Gender in Toni Morrison's *Paradise.*" *Journal of American Studies* 35.2 (2001): 313-35.

Yoon, Seongho. "Gendering the Movement: Black Womanhood, SNCC, and Post-Civil Rights Anxieties in Alice Walker's *Meridian.*" *Feminist Studies in English Literature* 14.2 (2006): 179-207.

* 이 글은 「토니 모리슨의 문학작품에 투영된 1960년대 미국」(『미국사연구』 28권, 2008, 129-47)을 수정, 보완한 것임.

┃ 지은이 신진범

중앙대 영문과를 졸업하고 동 대학원에서 「토니 모리슨의 『빌러비드』, 『재즈』, 『낙원』 연구―역사의 재조명과 다층적인 서술전략을 중심으로」로 영문학 박사학위를 받았다. 미국 토니 모리슨 학회의 평생회원이며, 현대영미소설학회 편집이사, 한국중앙영어영문학회 총무이사, 영미문학교육학회 정보이사를 역임했으며, 2016년 1월 현재 미국소설학회 정보이사, 한국아메리카학회 편집이사, 19세기영어권문학회 총무, 한국중앙영어영문학회 편집위원으로 활동 중이며, 서원대학교 영어과 교수로 재직 중이다. 논문으로 「트라우마와 치유: 문학과 의학의 관점으로 읽는 토니 모리슨의 『고향』」 등이 있으며, 저서로 『아프리카계 미국소설과 이산종교』(2015년 세종도서 학술부문 우수도서), 공동 저서로 『기억과 회복의 서사』, 『토니 모리슨』, 『현대 미국 소설의 이해』, 『영미노벨문학수상작가론』, 『20세기 영국 소설의 이해 II』, 『미국 흑인문학의 이해』, *Encyclopedia of Asian-American Literature*, 『영화로 읽는 영미소설 2: 세상이야기』 등이 있다. 옮긴 책으로는 토니 모리슨의 『가장 푸른 눈』, 『타르 베이비』와 『아시아계 미국 문학의 길잡이』(공역), 『미국 문화의 이해』(공역), 『호주 문화학 입문: 문화 읽기와 쓰기』(공역) 등이 있다.

상호텍스트성으로 읽는 토니 모리슨의 문학작품

초판 1쇄 발행일 2016년 1월 29일

지은이 신진범
발행인 이성모
발행처 도서출판 동인
주 소 서울시 종로구 혜화로3길 5, 118호
등 록 제1-1599호
TEL (02) 765-7145 / FAX (02) 765-7165
E-mail dongin60@chol.com
I S B N 978-89-5506-692-0
정 가 16,000원

※ 잘못 만들어진 책은 바꾸어 드립니다.